AF155283

Christian Heinrich Spiess

Biographien der Selbstmörder

Christian Heinrich Spiess

Biographien der Selbstmörder

ISBN/EAN: 9783743327580

Hergestellt in Europa, USA, Kanada, Australien, Japan

Cover: Foto ©Raphael Reischuk / pixelio.de

Manufactured and distributed by brebook publishing software
(www.brebook.com)

Christian Heinrich Spiess

Biographien der Selbstmörder

Biographien

der

Selbstmörder.

So wagt die Lieb' oft Riesenschritte —
 Sie siegt — allein wie oft?
Vergebens sind die klügsten Tritte,
 Dem, der auf sie nur hofft;
Und wenn um uns die Ketten liegen —
 Was folgt? — Nur sterben oder — siegen!

v. A.

Drittes Bändchen.

Leipzig,
in der von Schönfeldschen Handlung
1788.

Vorrede.

Man hat den Wünschen des Publikums, welches die ersten zween Bändchen von der Biographie der Selbstmörder mit so vielem Beifall aufgenommen hat, nicht länger wiederstehen können, und daher mit der Herausgabe des dritten Bändchens möglichst geeilet. Mannigfältigkeit der Gegenstände, ihre Neuheit, der in den Erzählungen durchgehens herrschende rühren-

be

be Ton, all dieses kann auch diesmal auf die gütige Aufnahme rechnen. Man will nur noch versichern, daß auch zum vier= ten Bändchen, die nöthigen Materialien bereits fertig liegen.

———————

Inhalt.

Selbst-

Selbstmörder aus Gefühl.

Selbstmörder aus Behaglichkeit.

Selbstmörder aus Todesangst.

Standhafter
Selbstmörder aus Liebe.

Karl und Sophie.

In einer freyen Reichsstadt, in welcher man Recht und Gerechtigkeit immer noch pedantischer zu behandeln pflegt, als bei aufgeklärtern Richterstühlen, lebte ein Kandidat als Katechet am Stock und Zuchthause ein ziemlich bequemes Leben. Er hatte ein artiges Vermögen, und bemühete sich weiter um keine Beförderung. Er fand sein Vergnügen darinn, wenn er Unglückliche trösten, und ihnen beistehen konnte, und hierzu konnte ihm keine einzige Stelle mehr Gelegenheit geben, als die er bekleidete.

Das einzige Bedürfniß, was ihm an seinen Wünschen abgieng, war eine

Frau, die er schon lange suchte, aber nicht finden konnte. Wer da weis, wie leicht es ist, dergleichen zu finden, dem wird dies paradox scheinen. Aber der Kandidat wollte eine Frau nach seinem Sinn, und wenn sie das nun auch war, so mußte sie noch eine Eigenschaft besitzen, sie mußte unglücklich seyn, denn darauf bestand sein Eigensinn, daß er eine solche durch seine Hand glücklich machen wolle.

Sophie, war der Name eines Mädchens, die wegen eines Kindermords ins Stockhaus gebracht wurde, und da man sie reif zum Tode betrachtete, so wurde dem Kandidaten aufgetragen, sie zu besuchen, und nach und nach zu ihrer Reise vorzubereiten.

Sophien sehen, und Mitleiden in einem Grade fühlen, wie er es noch nie gefühlt, war bei dem Kandidaten das Werk eines Augenblicks. Die sanfte Miene des wirklich schönen Mädchens, das Leidende in ihren Zügen, das so viel von Unschuld verrieth, rissen ihn ganz hin.

Sie war zurückhaltend und schüchtern. Er wußte sie offenherzig zu machen, und wurde bald ihr Vertrauter und ihr Freund.

Freund. Er hat sie ohne Rückhalt ihm ihre Geschichte zu erzählen.

Ich bildete mir ein, sagte sie, tugendhaft und fromm ohne Wanken zu seyn. Ich diente als Kammermädchen bei einer vornehmen Dame, die mich liebte, und mich zu versorgen versprochen hat. Ein junger fremder Edelmann gieng in ihrem Hause fleißig aus und ein, und sagte mir immer Schmeicheleyen vor. Ich war unerfahren, und hielt jeden Menschen für so gut, als ich es seyn wollte. Ich sagte ihm, er mögte mir nichts mehr vorreden, wenn er irgend unehrliche Absichten hätte. Ich sey zu fest in meinen Grundsätzen, als daß sie wanken könnten.

Der Bösewicht wußte seinen Vortheil zu nehmen. Er versicherte mich, er liebe nur meine Seele, und während eines Umganges von einem halben Jahre hat er nicht das entfernteste Unanständige in seinem Munde geführt. Ich war ausschweifend für den Tanz eingenommen, und da ich hierzu selten Gelegenheit hatte, so ließ ich mich einmal überreden, ohne meiner Herrschaft Vorwissen mit ihm einen Masquenball zu besuchen. Der unbändige Tanz

er-

erhitzte mich. Mit den Kühlungen, die er mir gab, betrog er mich, und goß Feuer in mein wallendes Blut. Ich wußte nicht mehr von mir selbst, so hingerissen war ich von Wollust und Trunkenheit. Er bediente sich meiner Schwäche, und siegte über mich.

Ich hatte den andern Tag Mühe, mich zu entsinnen, was mit mir vorgegangen. Thränen stürzten aus meinen Augen, als ich mir das Geheimniß meines Lasters erklärte. Es war gut, daß mein Verführer mir nicht wieder unter die Augen kam. Er war am andern Morgen abgereist.

Ich fand eine starke Börse von ihm in meiner Tasche, die ich den Armen vertheilte, um mein Verbrechen wieder gut zu machen. Ich weinte beständig und kam nicht mehr aus dem Hause. Mein Elend stieg aufs höchste, als ich bemerkte, daß ich schwanger war. Ich verließ meine Herrschaft, der ich unmöglich die Kränkung anthun konnte, ihr meinen Fall zu gestehen.

Ich flüchtete zu einer alten Muhme der ich mich entdeckte. Sie nahm mich gütig auf, und sagte, sie wolle es schon ver=

veranstalten, daß ich in der Stille nieder-
käme, und dann könnte ich meinen Dienst
wieder antreten. Ich brachte die Zeit bis
zu meiner Niederkunft mit Weinen und
Beten zu. Die Stunde erschien, und meine
Muhme lief nach einer Hebamme. Ehe sie
aber wiederkam, ergriefen mich übernatür-
liche Schmerzen, die mich fast bis zum
Wahnsinn brachten. Ich kam nieder, und
als ich sah, daß es ein Mädchen war,
ergriff mich eine unnatürliche Wuth, ich
rief aus: nein, du sollst nicht das Opfer
eines Bösewichts werden, und ein Druck
meiner Hand endete das Leben des armen
Würmgens —

Ich kam schnell zu mir selbst. Ich
drückte das Kind an meinen Mund, und
schrie: Gott! ich habe dich gemordet. In
dem nämlichen Augenblick trat meine
Muhme mit der Hebamme herein, die Er-
stere fiel vor Schrecken in Ohnmacht, die
Leztere aber lief gleich, um die Hände der
Gerechtigkeit in Bewegung zu setzen. Sie
schwieg —

Dem Kandidaten rollten die Thränen die Wangen herab. Er tröstete sie
damit, daß ihr im Himmel alles schon
ver=

vergeben ſey, und daß ſie, wenn die Welt=
richter ſie auch nicht losſprächen, doch ru=
hig ſterben könnte.

Er gieng zu ihrem Advokaten, der
die möglichſte Mühe anzuwenden verſprach,
aber zum voraus prophezeyte, daß alles
nichts helfen würde, weil ihr eigenes Ge=
ſtändniß des Mords ſie verdammte.

Indeſſen beſuchte der Kandidat So=
phien täglich, entdeckte täglich neue gute
Eigenſchaften an ihr, fieng an ſie zu lieben
und liebte ſie bald bis zur Verzweiflung.

Höre Sophie, ſagte er, ich nehme
dich zur Frau. Ich hoffe dieſer Entſchluß
ſoll deine Richter bewegen, dir Gnade
wiederfahren zu laſſen. Das Mädchen wein=
te vor Rührung über ſo viel Güte, die ſie
nicht erwartete, und nicht zu verdienen
glaubte.

Der Kandidat gab ſich alle erdenkli=
che Mühe, lief bei allen Richtern umher,
ſtellte ihnen ſein Leiden, des Mädchens Un=
glück, ihre beiderſeitige Liebe auf die rüh=
rendſte Art vor. Sie hörten ihn alle an.
Manche beklagten ihn, verſprachen zu thun
was ſie könnten. Andere waren hart, ſchal=
ten ihn einen Thoren und Unſinnigen. Er
ertrug

ertrug alles geduldig, um seine Sophie zu
retten.

Der Tag des Urtheils erschien. Er
hofte. Sie hofte. Die ganze Stadt, die
von allem unterrichtet war, hofte. Aller
Hofnung war vergebens. Das Todesur=
theil war gesprochen. Die mitleidigen
Richter wurden nicht gehört.

Ists möglich, rief der Kandidat aus.
Kann die Gerechtigkeit auch unmenschlich
seyn. Er gieng zu Sophien. Für dieses Leben
also, Sophie, sprach er, ist es aus mit uns.
Man will mir nicht das Glück gönnen,
dich glücklich zu machen. Aber es giebt
noch eine Welt. Höre, mein liebes Mäd=
chen, ich bin entschlossen dir zu folgen. Ich
gehe aus der Welt, wo du nicht mehr bist.

Sophie fiel vor ihm auf die Knie
nieder. Ich bitte dich um alles, was dir
lieb und theuer ist, thue das nicht. Töd=
te dich nicht selbst. Du bist verblendet.
Erwarte es, bis du mit mir vereinigt wirst.
Wie lange kann das dauern? Was ist
das Leben des Menschen?

Nein, erwiederte er, mein Vorneh=
men ist standhaft. Wir sehen uns gleich
in der Ewigkeit.

Sie

Sie vermochte ihm den Entschluß nicht auszureden. Er wählte noch den Weg zu allen ihren Richtern zu gehen, und ihnen es zu sagen, daß er sich umbringen würde, wenn sie ihr Urtheil nicht widerriefen, und daß sie alsdenn Ursache an seinem Tode wären.

Die Härtesten unter ihnen warnten ihn, das nicht zu laut zu sagen, sonst würde man ihn als einen Wahnsinnigen festsetzen, und ihm die Mittel benehmen, sich zu entleiben.

Dieß setzte ihn in Schrecken, und er schwieg von dem Augenblicke an.

Er brachte die meiste Zeit nun bei Sophien zu, und bereitete sie zu ihrem Tode. Ich werde dich selbst hinführen, sagte er, und bis auf den letzten Augenblick dir Muth einsprechen.

Sophie fieng oft an, von seinem gegen sie gedachten Vorsatze zu reden, und bat ihn, ihn nicht auszuführen. Allein er antwortete ihr immer: sorge nicht, Gott wird sorgen, versprechen kann ich dir nichts. Du siehst, ich bin zum Unglück bereit, wie zum Glück. Du magst davon auf meine Denkungsart schliessen. Ich liebe dich

dich unaussprechlich. Ich entdecke immer
mehr Gutes in dir, und ich muß wähnen,
daß der Himmel dich nicht für diese Welt
bestimmt hat, sondern dich abruft, weil
er dich an einen besseren Ort führen will.
Vielleicht mich auch, liebe Sophie.

Endlich brach der schreckliche Tag an,
am welchen sie der Gerechtigkeit geopfert
werden sollte. Du bist meine Braut, sagte der Kandidat zu ihr, und ich begleite
dich zum Altar, wo wir auf ewig vereinigt werden. Er bestieg den Wagen mit
ihr. Tausend thränende Augen waren zur
Seite. Jedermann bewunderte seine Standhaftigkeit.

Fürchte dich nicht, Sophie, sagte er.
Der Tod wird dir nicht schmerzhaft seyn.
Du stirbst leicht, und in einem Augenblick,
und dann bist du da, wo es dir besser ist,
als hier.

Ach Gott! antwortete sie, ich zittre
nicht vor meinem Tode. Du hast mich
so kräftig gestärkt, daß ich ihm muthig
entgegengehe. Aber daß ich dich zurück-
lassen muß, und noch mehr, daß ich über
dein Schicksal nicht beruhiget bin, daß macht
mir den Gang sauer.

Gott

Gott wird sorgen, war wieder seine Antwort.

Wie sie auf den Rabenstein heraustrat, riefen viele aus dem Volke: Gnade! Gnade! der Kandidat wandte sich zu ihnen: Still Kinder, sagte er, ihr wißt nicht, was ihr bittet. Wünschet doch nur alle, daß euer letzter Gang so gewiß zu Gott gehe, wie der Gang dieser Armen, die ihr unglücklich nennt, die ich glücklich preise, und die nun bald reich seyn wird.

Er sagte noch verschiedenes Rührendes, was die Menge mit tausend Thränen beantwortete. Endlich wandte er sich zu Sophien. Wie ist dir? frug er.

Mir ist, als wenn ich froh seyn sollte, sagte sie, nur etwas ängstlich. Es wird doch schnell gehen, mein Lieber? Es wird gewiß schnell gehen, Er bat den Scharfrichter noch einmal darum, und verband ihr selbst die Augen. Wie der Scharfrichter ansezte, flüsterte er ihr zu; ehe die Sonne auf Erden wieder aufgeht, sind wir beisammen. Sie seufzte, und eine Sekunde trennte ihre Seele und ihren Körper.

Er dankte dem Scharfrichter, der ihm versicherte, daß ihm noch nie eine Exekuzion so schwer geworden.

Er fuhr still und gedankenvoll zurück. Er bekam an dem Tage noch viele Bothschaften, daß er sich beruhigen möchte, daß man vor sein Glück sorgen, und es ihm wohl in dieser Welt gehen solle.

Aber man fand ihn am andern Morgen todt. Er hatte sich an der äußern Thüre des Zuchthauses erhenkt.

Weber

geretteter Selbstmörder aus Liebe.

In einem vornehmen adelichen Hause war ein junger Mensch, den wir Weber nennen wollen, Hofmeister der Kinder. Seine ausgebreiteten Kenntnisse, sein gutes empfindsames Herz, machten ihn dem Hause angenehm, und man sah ihn lange, als zur Familie gehörend an. Wie er eintrat, war Fräulein Karoline 11. Jahr alt. Er war neunzehn. Zwey ältere Brüder des Fräuleins wurden, nachdem er sie noch zwey Jahre unterrichtet, nach Frankreich gesendet und nun fiel seine Arbeit auf zwei jüngere Brüder, die ihn nicht so sehr beschäftig-

tigten, so daß er sich öfterer und näher
mit Fräulein Karolinen unterhalten konn=
te, die jetzt dreyzehn Jahre alt war, und
durch ihre Schönheit schon die Augen der
Welt auf sich zog.

Weber wußte selbst nicht, was er für
sie fühlte, aber sein Zimmer war ihm heiterer,
wenn Fräulein Karoline darinn war, der
Garten war ihm schöner, wenn er mit ihr
darinn spazierte, die Natur lachte ihn mehr
an, wenn er in ihrer Gesellschaft sie be=
wunderte.

Weber war noch unschuldiger Jüng=
ling, eine Seltenheit, die aber doch
richtig war, und sich dabei sehr natürlich
erklären ließ. Er war unter der vernünf=
tigen Anführung eines Freundes erzogen,
und hatte unter seiner Leitung studirt. Er
hatte ein lenksames Gemüth, und sein Freund
hatte ihn so in Thätigkeit zu setzen gewußt,
daß er an Wollust keinen Gedanken faßen,
hatte ihn so zu verwahren gewußt, daß kein
verführender Bösewicht ihm nahe kommen
können.

In dem Hause, in dem er itzt war,
fand er eben so wenig dergleichen Reiz, und
hätte er ihn auch gefunden, so hätte Ka=
roli=

rolinens Bild, gegen das ihm freylich je=
des andre weibliche Geschöpf abgeschmakt
vorkommen mußte, ihn vor jeder Aus=
schweifung bewahrt.

Karoline war dem Herrn Weber
nicht viel weniger gewogen, als er ihr.
Niemanden gab sie zum spazierengehen ih=
ren Arm lieber als ihm, und sie ärgerte
sich, so oft der Wohlstand sie nöthigte, ir=
gend einen jungen Kavalier ihm vorzuzie=
hen. Sie pflegte sich dann oft nach ihm
umzusehen, wenn er einsam hinterher gieng,
denn welches adeliche Fräulein würde wohl
ihre Würde so sehr wie sie vergeben, und
dem Herrn Weber, dem Hofmeister ihren
Arm gegeben haben. Er fühlte das Lieb=
reiche in diesem Umsehen, und ein solcher
Blick von ihr tröstete ihn für die Empfin=
dungen, die wirklich nur in diesem Falle
ihm einen Abstand der Stände zeigten.

Alle Tage waren Weber und Karo=
line stundenlang zusammen. Der Unter=
richt, den er ihr gab, bestand mehr in Ge=
sprächen, in denen sie sich einander alles
entdeckten, was sie fühlten, als im Lernen.
Aber das Wort Liebe kam bei diesen Un=
terredungen nie, als ihnen angehend in Be=
trach=

trachtung. Daß sie in allen, wovon sie sich unterhielten, gleich dachten, daß sie sich nie widersprachen, nie entgegengesetzter Meinung waren, das freuete sie. Mein lieber Weber denkt wie ich — meine süße Karoline hat hierinn gleiche Gesinnungen mit mir, das war alles, was sie sich sagten. Daß er ihre Hand drückte und küßte, daß sie ihm tausend Schmeicheleyen darüber sagte, daß er sie zu einem so guten Mädchen gemacht, das waren alle ihre Aeusserungen, und ein Kuß war nie vorgefallen, denn so brennend auch sein Verlangen vielleicht darnach war, so hielt ihn doch Ehrfurcht in den strengsten Schranken, und sie hatte zu reine Begriffe von weiblicher Sittsamkeit von ihm selbst erhalten, als daß sie auch nur den Gedanken daran hätte denken können.

Karolinens Mutter war eine Dame von ausnehmender Schönheit, und ohngeachtet sie zwischen 30 u d 40 war, so blendete sie noch. Karoline, so ausgewachsen sie auch war, hatte doch noch so viel Kindisches, daß man sie nicht so sehr beobachtet. Man hinderte sie nicht, sich mit Webern zu unterhalten, man sah ihren

Ver-

Verſtand dadurch zunehmen, und das war
hinreichend, mit ihren öfteren Zuſammen=
ſtecken zufrieden zu ſeyn. Weit entfernt irgend
einen Argwohn, der auch bei Webers Ka=
rakter gar nicht zu vermuthen war, zu he=
gen, ließ Karolinens öfteres Lob ihres
Hofmeiſters, nichts, als eine dankbare
Seele vermuthen. Auch ſprach ſie ſo of=
fenherzig von dem, was ſie mit ihm ſprach,
und dieß enthielt ſo wenig Zweydeutiges,
und ſo viel Unſchuldiges, daß nie Jemand
mehr als Unterricht vermuthete.

Um dieſe Zeit kam ein General in dieſe
Gegend, der ein weitläuftiger Verwandter
des Hauſes war. Er war in ſeinen be=
ſten Jahren, hatte ſich in kurzer Zeit durch
reelle Tapferkeit ſo ſehr emporgeſchwungen,
und genoß die Huld ſeines Monarchen im
höchſten Grade. Nichts natürlicher, als
daß man ihn auch in dieſem Hauſe freund=
ſchaftlich aufnahm. Man wußte aber die
Abſicht des Mannes nicht, die wirklich kei=
ne andere war, als ſich eine Gattinn un=
ter den Töchtern ſeines Landes zu ſuchen.

Karoline machte gleich Eindruck auf
ihn. Der Mann hatte Weltkenntniß, und
wollte ein Mädchen haben, das er ſich nach
ſei=

seinem Geschmacke ziehen könnte. Ihr
langer schlanker Wuchs, ihre sanften blau-
en Augen, ihr blondes wallendes Haar,
ihr ganzer Anstand machten sie schon zu einem seines Vermögens und Ranges wür-
digen Gegenstande. Als er aber vollends
sich mit ihr unterhielt, als er Verstand
und Seelengüte bey ihr fand, als er sich
von ihrer Unschuld vollkommen überzeugte,
da beschloß er, nur sie sollte die Seinige
werden, und keine andere Wahl blieb seiner Seele übrig.

Indessen war es nicht leicht, diesen
Wunsch zu erfüllen. Das Mädchen, das
wußte er, hatte blinden Gehorsam gegen
den Willen ihrer Eltern. Sie kennt keine
Neigung, keine Liebe, sprach er zu sich selbst.
Ihre Begriffe davon werden so seyn, wie
ich sie ihr gebe. Sie wird von meiner gü-
tigen Behandlung, von meiner Aufmerksamkeit für sie hingerissen, nur mich lieben,
und keinem andern Gehör geben.

Er wandte sich also an die Eltern.
So wenig sie gegen sein Vermögen, Stand,
und gegen sein Zutrauen zu ihnen einzu-
wenden vermochten, so wichtig war ihnen
der Umstand seines Alters. Sie verhehl-

ten

ten ihm das nicht. Ein Vierziger zu einem 16jährigen Mädchen, war ein Abstand,
der in Erwegung gezogen zu werden verdiente.

Der General war auf diese Einwen-
dung nicht unvorbereitet. Wäre Karoline, sagte er, wie andere Mädchen, wäre sie schon mit einer gewissen Gattung
von Weltkenntniß bekannt, so würde ich
gar nicht um sie angehalten haben. Aber
so lernt sie erst durch mich Liebe und Welt-
kennen, und ich werde die Bekanntschaft
mit derselben ihr so machen, daß sie zufrieden, und glücklich seyn wird. Ich will
vor ihr Inneres sorgen, sie soll einen
zärtlichen Ehemann, wenn sie wollen, einen verliebten Vater an mir finden. Mein
Glück hat für das Aeußere gesorgt. Was
sie begehren kann, soll sie haben. Keiner
ihrer Wünsche soll unerfüllt bleiben.

Die Eltern fanden was er sagte,
vernünftig. Sie baten sich einige Tage
Bedenkzeit aus. Sie überlegten und fanden, daß wenn ihre Tochter nicht abgeneigt
wäre, die Parthie einzugehen, sie troß der
Verschiedenheit der Jahre wohl glücklich
für sie seyn könnte.

Biog. III. Th.   b   Sie

Sie ließen Karolinen kommen. Sie frugen sie, ob sie schon liebte? das freymüthigste Nein, war ihre Antwort. Sie frugen sie, ob sie wohl einen Mann wählen könnte, der schon in mittleren Jahren wäre? Sie erwiederte, daß sie sich ganz dem Willen ihrer Eltern überließe. Man nannte ihr den General, und sie schien nichts dawider zu haben. Man sagte ihr, sie möchte es noch überlegen, aber dem General, der den andern Tag wieder kam, machte man entfernte Hofnung.

Konnte Karoline ihrem Weber wohl etwas verhehlen, was das Glück ihres künftigen Lebens betraf? Sie erzählte ihm alles, was ihre Eltern ihr gesagt, den Vorsatz des Generals, und ihre Gleichgültigkeit dabey. Sie frug ihn was sie thun sollte, frug ihn, ob sie glücklich seyn würde, frug ihn, ob sie, da die Eltern sie ihrer Wahl zu überlassen schienen, ihn wählen sollte, oder nicht?

Weber erblaßte. Zum erstenmal kam der Gedanke in sein Herz: ich liebe sie — der folgende war: ich kann, ich werde sie nie besitzen. Ein Zug der Verzweiflung furchte sich in seinem Gesichte.

Was

Was ist ihnen? Weber, sagte das unbefangne Mädchen. Sie sehen fürchterlich aus. Ich will nach Hilfe rufen. Ihnen ist nicht wohl.

Was soll mir Hilfe, Karoline, sprach er etwas sanfter, und hielt sie zurück. Sie sind für mich verloren, und ich habe alles verloren. Ich fühle etwas, was ich noch nicht fühlte. Ich liebe sie unaussprechlich. In mir liegts, daß ich ohne sie nicht leben kann. Die Nähe des Verlusts hat mir die Augen geöffnet. Ich darf diese Augen nicht bis zu ihnen erheben, und deswegen bin ich zeitlich und ewig verloren — O Karoline, warum sind sie nicht ein Bürgermädchen! Meine Liebe solle sie für Stand und Reichthum schadlos halten.

Weber! rief Karoline aus, um meinetwillen sind sie nicht verloren, und mit diesen Worten flog sie zum Zimmer hinaus, und zu ihrer Mutter. Sie sagte dieser, sie könne dem General ihre Hand nicht geben.

Die Heftigkeit, mit welcher sie das vorbrachte, die Wallung des Bluts, die in ihrem Gesichte und ganzen Wesen sich

b 2 ent-

entdeckte, und der so schnell gefaßte Entschluß, entdeckten der Mutter, daß eine
geheime Triebfeder erst im Augenblicke
schnell auf sie gewirkt haben müsse.

Sie wollte ihre Gemüthsbewegung
nicht vermehren. Wer will dich denn zwingen, mein Kind, sagte sie zu ihr. Hast
du nicht gehört, daß wir dir Zeit geben,
deine Wahl zu überlegen, und daß sie immer
noch von dir abhängt. Geh auf dein Zimmer, sammle dich, werde ruhig, und ver-
giß, daß wir jemals des Generals Erwäh-
nung gethan.

Das beruhigte Karolinen wirklich.
Sie gieng getröstet von der Mutter, und
diese erkundigte sich nun, wo sie gewesen.
Sie erschrak nicht wenig, da sie hörte,
daß sie vom Hofmeister zu ihr gekommen.
Sie ließ Herr Webern zu sich bitten. Er
erschien, und sein Gesicht entdeckte ihr mehr,
als sie geglaubt hatte. Sie hatte nur gedacht, er habe ihr das Bild der Ehe mit
einem so alten Manne verhaßt gemalt,
und sie hatte nichts weniger willens, als
ihn deswegen zu tadeln. Sie wollte ihn
nur bitten, seine Schilderungen sanfter ein-
zurichten, und der Empfindlichkeit des Mädchens zu schonen.

Aber sie sah beim Eintritte, verzwei=
felnde Liebe bei ihm , und das schlug sie
ganz zu Boden. Er war ein Mann, der
sich um ihr Haus verdient gemacht hatte.
Diesen mußte sie nun unglücklich sehen,
ohne ihm helfen zu können. Sie wollte
eben anfangen zu reden , als er sie unter=
brach.

Ich kann mirs denken, gnädige Frau,
warum sie mich haben rufen lassen. Ich
habe mirs eingebildet, daß die unbefangne
Karoline ihr Herz vor ihnen ausgeschüt=
tet. Es war ein einziger Augenblick der
Ueberraschung, in dem ich mich so weit ver=
gaß und ihr meine Leidenschaft entdeckte.
Ohne diesen Augenblick wäre meine Liebe
ein ewiges Geheimniß geblieben. Aber
ich erhielt auch die Nachricht meines Ver=
lusts zu unerwartet, zu unvorbereitet. Auch
gnädige Frau gestehe ichs ihnen, ich kann
ihn nicht ertragen, diesen mir so schreckli=
chen Verlust. Aber nicht sie, Verehrungs=
würdige , nicht ihre Tochter soll dadurch
leiden. Hier haben Sie einen Brief. Ge=
ben Sie ihn ihr, wenn ich fort seyn wer=
de , denn ihr Haus muß ich verlassen. Er
wird so viel auf sie wirken, daß sie mich
vergißt.

Er wollte gehen, aber die Mutter hielt ihn zurück. Wohin wollen Sie, unglücklicher Mensch, sagte sie. Bleiben Sie, und verlaßen sie mein Haus nicht mir in einer Art, wo die Welt mir Undank zur Last legen könnte. Sie haben ihr Herz gegen mich ausgeschüttet, nehmen sie dafür meine ganze Liebe. Wollte Gott ich könnte auch sagen, meine Tochter. Aber das kann ich nicht. Ich bin nicht allein Herr über sie. Mann, Familie, Umstände, Konventionen, alles würde sich gegen mich vereinigen, und spräche ich anders, so würde ich sie mit einer vergebenen Hofnung nähren. Aber als Freundinn von Ihnen will ich haßdeln, handeln sie als Freund meiner Tochter. Gemeinschaftlich wollen wir daran arbeiten, ihnen beiden die Last, die sie tragen müßen, erträglich zu machen. Versprechen sie mirs in die Hand, daß sie mein Haus nicht verlaßen wollen.

Kam Webern in dem Augenblicke die Zärtlichkeit einer Mutter, die ihm doch eigentlich nichts angieng, so nahe ans Herz oder war es eine geheime Hofnung, die sich fälschlich vor seine Seele malte, genug er

er versprachs ihr, bat hernach dringend sie
verlassen zu dürfen, und glaubte ru=
higer zu seyn.

Allein er war kaum auf seinem Zim=
mer, als wilde Verzweiflung sich seiner
bemeisterte. Er hatte etwas versprochen,
was er nicht zu halten vermochte. Karo=
linen sehen und mit jedem Blicke auf sie,
fühlen, was er in ihr verloren, das konn=
te er nicht aushalten. Sein Vorsatz war
gewesen, seinem Leben ausser dem Hause
ein Ende zu machen. Die Heftigkeit des
Gefühls ließ den denkenden Mann Zukunft
und alles vergessen.

Und warum, sprach er zu sich selbst,
das hier nicht thun, was ich dort thun wollte.
Warum nicht auf einmal den Leiden dieses
Hauses und deinem eignen ein Ende ge=
macht — Ja — Wenn sie nun aber käme,
sähe dich in deinem Blute liegen? — De=
sto besser, rief er sich zu, so wird sie dich
verabscheuen, und glücklich seyn.

In dem Augenblick fuhr seine Hand
nach dem vor ihm liegenden Scheermesser.

Karolinens Mutter, die nicht so
leicht ihn besänftigt glaubte, als er beim
Weggehen schien, einen so raschen Entschluß
aber

Weber war, und blieb während der ganzen Kur betäubt. Als er zu sich kam, und völlig hergestellt war, kündigte man ihm auf die glimpflichste Art Karolinens Entschluß an. Dies setzte ihn aufs neue in Verzweiflung, aber der Ausbruch derselben war von einer andern Gattung. Da er glaubte, die Mutter habe ihr seinen Brief gegeben, so ärgerte es ihn, daß sie ihn so schnell vergessen können. Er verwarf alle großmüthige und edle Anträge des Hauses, wo er gewesen war, und zeigte nur Verachtung dagegen.

Er hatte vor einigen Jahren, eine Bekanntschaft mit einem durchreisenden Engländer gemacht. Dieser hatte ihm gesagt, daß er keine Familie, Niemanden hätte, der ihm angehöre, daß er sehr reich sey, daß er aber seinen Reichthum blos anwende, um die Ungerechtigkeiten, die das Schiksal in der Welt so oft ausübte, wieder gut zu machen. Sie waren durch die Gleichheit ihrer Begriffe sich immer näher gekommen, und die vertrautesten Seelenfreunde geworden.

Karolinens Mutter, die nicht ohne Grund einen Rückfall von Webers An-
wand-

wandlung befürchtete, und bei der sich diese Erwartung durch die gänzliche Abson-
derung vom Menschengeschlechte, und durch
die Hartnäckigkeit, mit der er alle Geschen-
ke von ihrer Seite ausschlug, bestättigte,
sann auf ein Mittel ihm beizuspringen.
Wirklich ließ sich aus seiner Unbesorgtheit
für sein künftiges Schicksal auch nichts
anders schliessen, sie wußte von der Bekanntschaft, meldete dem Engländer den
ganzen Verlauf der Sache, und auf den
Flügeln der Freundschaft eilte dieser zu dem
Unglücklichen.

Wozu mußte mir das Schicksal, sagte Weber, als er ihn sah, auch noch
den Streich versetzen, daß mein einziger
Freund mein Unglück mit mir theilen muß!

Um es dir zu lindern, erwiederte
jener. Ist der große Philosoph gefallen?
Ist der Menschenkenner —

Halt, fiel Weber ein, diesen Punkt
erwähne nicht. Ich habe mich ins ganze
Menschengeschlecht geirrt, ich möchte gern
noch dich davon ausnehmen. Laß mir wenigstens den Wahn, daß du der bist, der
du zu seyn scheinest, sonst möchte ich so
ganz trostlos aus der Welt gehen, und

wäh-

wähnen, auch dort sey der Betrug so stark. Nur du hältst noch meinen sinkenden Glauben.

Wer wollte sich an ein Rohr halten. Lieber gebrochen als gebeugt, Weber. Du sprichst von Sterben, bist dem Tode nahe gewesen, und sprichst doch von Sterben.

Spottest du mich, oder willst du vielleicht meinen Entschluß wankend machen? Soll ich wohl in der Welt bleiben? Warum? Um von jedem mit einem hohnlächelnden Blick angesehen zu werden? Um als privilegirter Müßiggänger von der Gnade anderer zu leben! Glaubst du, daß ich mir in der Stimmung, in der ich bin, nur den nothdürftigsten Unterhalt verdienen könnte? Glaube mir, man hat nur ein Gut in der Welt, und wenn man das verloren, so giebts keinen Zweck mehr, für den man arbeitet. Entweder ich bin für andere Zonen reif, und das muß ich fühlen, und gehen, oder gehe ich nicht, so werde ich der Bestimmung mich selbst verlustig machen, zu der ich nach diesem Gefühl kommen könnte, und sollte.

O weh über den so richtig fühlenden Menschen, der in der Ektasse über seinen

nen Verlust bestimmen will, was er zu
thun und zu lassen hat, der in der Heftigkeit der Leidenschaft reif seyn will zu einem besseren Leben! Wozu mußtest du denn
wohl unter diesen Umständen, und in dieser Lage bestimmt seyn?

Beßre Menschen kennen zu lernen,
als hier sind. Menschen, die meinen Empfindungen um so viel näher sind, daß sie
nicht schnurstraks meiner Glückseligkeit sich
widersetzen.

Einer Glückseligkeit, die doch wahrhaftig im Gegenstande falsch war, den du
wähltest, bey der du dir gleich den un-
möglichen Fall des Besitzes hättest denken —

Ha, fiel Weber rasch ein, da fang
ich dich. Ich rechnete nie auf ihren Besitz, hatte nie einen Gedanken — daran.
Das ist meine Qual, daß sie anders dachte, als ich glaubte, daß sie nach dem Empfang meines Briefes sogleich sich umstim-
men, sogleich ihre Hand einem andern geben konnte. Sie hätte mir nicht lügen,
nicht in dem Augenblicke, da ich mich ihr
entdeckte, das selige Bild der feurigsten
Gegenliebe mir zeigen sollen. Damals brachte mich die in diesem Bilde liegende un-
aus-

ausſprechliche Ausſicht von Seligkeit, die
ich nun verlieren mußte, zu dem raſchen
Entſchluß. Jezt ſoll mich die ganze un=
abſchbare Fläche von Verſtellung zum
überlegten reifen Schritt bringen.

Alſo immer entſchloſſen zu ſterben,
ohne zu wiſſen, ob ſie deinen Brief gele=
ſen, ohne zu unterſuchen, welche Gründe
ſie bewogen haben.

Zu dieſer Unterſuchung möchte bey
dem prächtigen Uiberfluſſe von Vorſtellungs=
kraft freylich mehr als ein Menſchenalter
erfordert werden, und darum Freund, be=
unruhigen Sie mich nicht mit dem Ge=
danken einer ſolchen Pflicht; laſſen ſie mich
ruhig bleiben, und ruhig ſterben.

Weber ſagte dieſe Worte mit ſo fühl=
barer Empfindlichkeit, daß ſein Freund ſich
nicht getraute, ihm weitere Einwendungen
zu machen. Er bat ihn nur um ſich ſelbſt
von Karolinens Schuld zu überzeugen,
ihm eine Abſchrift von jenem Briefe leſen
zu laſſen.

Und ſie könnten mich fähig halten,
daß ich in jenen Augenblicken der heftigſten
Wallung von einem ſolchen Aufſatze eine
Abſchrift nehmen können? Dieſe Worte.
We=

Webers waren von einem äußersten Unwil=
len begleitet, und sogleich folgte seine Ent=
fernung von seinem Freunde darauf, die
so rasch war, daß sie nicht verhindert wer=
den konnte. Ob er ihm gleich nachfolgte,
verlohr er ihn doch bald aus dem Gesich=
te, und suchte den ganzen Tag theils selbst,
theils durch seine Leute vergebens nach ihm.

Bestürzt und traurig eilte er zu Ka=
rolinens Mutter. Er sah ihre Thränen
bei seiner Erzählung fließen.

Gott! rief sie aus, so bin ich viel=
leicht an seinem Unglücke selbst schuld. Hät=
te ich gewußt, daß ich vielleicht einen mög=
lichen Trost für ihn besäße, wie lange
hätte ich ihn ihm gern geben wollen ; Ka=
roline ist unschuldig. Hier ist sein un=
erbrochener Brief. So wie ich alles für
Karolinen verheelte, so habe ich auch das
verheelt. Ich fürchte mich seine Wunde auf=
zureissen, wenn ich ihn ihm wiedergäbe,
sonst hätte er ihn erhalten. Ich bin noch
weiter gegangen. Ich habe Karolinen ge=
sagt, er erlaube ihr nicht allein den Ge=
neral zu heurathen, sondern er ließe sie
darum bitten. Er wolle nach einiger Zeit
sie wieder sehen, und hoffe dann ruhiger
zu seyn.

Und was sagten sie dem General? frug der Engländer

„ Warum das „ —

Weil, wenn der General das wußte, was mit meinem Freunde vorgegangen, und das Mädchen nahm, er straffällig ist, und — hier faßte er sich. Es fiel ihm ein, daß Karolinens Mutter — der Karoline, die des Generals Gattinn war — vor ihm stand.

Und könnten sie, sagte die edle Frau, sanft und weinend, Blut mit Blute rä= chen, und der Mensch seyn, der sie sind? Aber wenn sie auch so denken könnten, so haben sie doch jezt nicht das Recht dazu. Der General wußte nichts anders als was meine Tochter weis. Hätte ich ein sol= ches Mißverständniß muthmaßen können, o so brauchte ich nicht hier vor ihnen zu stehen, und mich in Thränen zu baden, brauchte nicht bitter und hart mir es vorzuwerfen, daß ich durch eine gute Ab= sicht, einen schlimmen Zweck erreicht habe.

Beyde wähnten nichts anders, konn= ten auch nichts anders wähnen, als daß der Unglückliche zum zweitenmal den Versuch gemacht, und er ihm besser ge= lungen sey, als der erste.

Sein Freund, der sich nicht so schuldig ansahe, als Karolinens Mutter, hätte gern auf diese die Last von Vorwürfen gelegt, die ihn auf der Seele drückten. Allein sie war so schon unterdrückt genug, und er begnügte sich damit, sie ihrem eignen blutenden Herzen zu überlassen, und entfernte sich. Er kehrte in Webers Wohnung zurück, fand ihn nicht, und war untröstlich.

Indessen hatte Weber im Augenblicke, da ihn sein Freund unbesonnener Weise um die Abschrift seines Briefes frug, geglaubt, auch in ihm den Heuchler gewahr zu werden, der nur darauf ausgienge, ihm Fallen zu legen, und ihm zu beweisen, daß er nicht mit Recht so gehandelt hätte, und nunmehro nicht aus Gründen so handeln wollte.

Seiner selbst sich kaum bewußt, lief er in den zu nächst gelegenen Wald, mit dem festen Vorsatz, nicht wieder zu Haus zu gehen. Durch diesen letzten Grund vollends zu seinem Entschluß gestimmt, wollte er einen Fluß aufsuchen, um sein Leben dort zu enden. Der Himmel hat es anders über den Verirrten beschlossen. Er verirrte sich in den Wald, aus dem er sich nicht heraus-

ausfinden konnte, und da kein Weg für
ihn der rechte oder der unrechte war, so
gieng er auf jeden fort, und lief so ohne
einem Fluße zu begegnen, bis in die Däm=
merung. Der Mond gieng eben auf, als
er das Ende des Waldes sah; Seine Er=
holung zeigte ihm den Ausgang. Wie er
heraustrat, wurde er ein Schloß gewahr,
zu dem eine lange Allee führte, die er quer
durchgehen mußte, um zu dem Teiche zu
kommen, der auf der andern Seite, Him=
mel und Mond ihm spiegelte.

Unempfindlich gegen die herrlichste
Aussicht, gegen den schönsten Abend, ge=
gen Reize, die er sonst zu schätzen gewußt,
gieng er mit ein wenig gemäßigtern Schritt
durch. Kaum war er über die Allee weg,
so stand ein Frauenzimmer mit einem Bu=
che vor ihm, und da sein Blick sie nicht
verfehlen konnte, so erkannte er gleich Ka=
rolinen.

Stummes wildes Erstaunen blieb in
seinen Mienen, aber der Anblick hielt ihn
auf. Sie erschrack nicht weniger, allein
sie kam eher wieder zu sich.

Warum so, lieber Weber? Verspra=
chen Sie nicht ruhiger wiederzukommen?

Biogr. III. Th.   c   So=

So verließen wir uns, und das Wieder=
sehen sollte schöner seyn. So sagte mir
wenigstens meine Mutter — So versicher=
te sie mirs, und so hofte ich alle Tage dar=
auf.

Ihre Mutter, erwiederte Weber,
halb spöttisch, und halb noch verzweifelnd.
Und was, Grausame, was sagte mein
Brief? Was that die Nachricht für ei=
ne Wirkung auf sie, daß ich sterben wür=
de, und warum versagten sie mir die Bit=
te, ein Jahr nach meinem Tode um mich
zu trauern, und mich dann ganz zu ver=
gessen. Kein Vierteljahr, und sie gaben
dem Manne ihre Hand. Soll ich ihn glück=
lich oder unglücklich nennen, daß eine so
leichtsinnige sein Weib ist? Oder glaub=
ten sie, weil man mich vom Selbstmorde
wieder errettet, daß ich nun von allen
Menschen so verachtet seyn würde, daß
auch sie meinem Andenken nicht eine Thrä=
ne zu weinen brauchten. Ich wollte, sie
sollten mich vergessen, vielleicht verachten.
Aber so bald! Heuchlerinn!

Gott! was höre ich, antwortete Ka=
roline, ist das Wahrheit, was sie da
sagen?

Wahr=

Wahrheit, gewiß Wahrheit, so wie
das, daß sie itzt mit eigenen Augen sehen
sollen, wie ich mit einem Leben umgehe,
das mir zur Last geworden ist, weil ich
mich in ihnen irrte. Ja, vor ihren Augen,
Karoline, will ich sterben, und noch will
ich so mitleidig seyn, ihnen zu wünschen,
daß sie bey meinem wirklichen Tode nicht
mehr fühlen, als sie bey dem fühlten, der
mir mislang.

Weber, sagte das unschuldige Weib,
und faßte ihn bey der Hand, hier ist ein
unseliges, ein schreckliches Misverständniß.
Ich weis nichts von einem Briefe von ihnen, nichts von einem Versuche, sich zu
morden. Ich und mein Mann, wir sind
hintergangen. Man hat uns ihre Einwilligung gebracht, und wer, wer sollte den
Worten einer Mutter nicht trauen? Die
Gütige hat uns, hat sie aus Mitleiden
hintergangen.

Weber stand stumm da. Seine Mienen zogen sich sanfter, und sein Auge ward
naß.

So, lieber Weber, rief Karoline,
so lieber Freund, so werden sie bald besser
seyn. — O lassen sie noch das sanfte

C 2   Lä-

Lächeln jener Zeiten in ihr Gesicht kom=
men, und sie sind wieder der unschätzbare
Theure, der sie mir waren, immer gewesen
sind, und mir und meinem Manne noch
sind. Gehen sie mit mir zu Hause. Lassen
sie alle die Grillen fahren, die ihre Seele
drücken. War ich ihnen nicht zur Gattinn
bestimmt, so war ichs ihnen zur Freun=
dinn, und mein Mann wird ihr Vater
seyn, so wie er der meinige ist. Sie
brauchen noch immer einen Vater, so gut
wie ich.

Sie zog Webern hierauf mit sich
fort, und er folgte in seiner Betäubnng,
wohin sie ihn führte. Der General er=
schrack für seinen Anblick, Kummer und
Verzweiflung hatten ihn ganz entstellt. Er
war zu sehr Mensch, als daß er nicht gleich
mit einer Umarmung ihn hätte sicher ma=
chen sollen, daß er hier ganz ohne Sor=
gen seyn könnte. Weber glaubte in ein
Paradies entzückt zu seyn. Die Ueberra=
schung, so gute Menschen zu finden, un=
terdrückte das Andenken an eine so kostba=
re Geliebte, die er verloren. Er hatte viel
Ueberwindung nöthig, sich selbst nicht zu
verachten, daß er so unbesonnen handeln
könn=

können. Er erzählte hernach selbst seine ganze Geschichte, und des Generals Wangen rollten Thränen herab.

Weber mußte ihm versprechen, bey ihm zu bleiben, und thats auch. Vorher aber wollte er seinen Freund beruhigen. Er eilte zu ihm. Wie froh kam dieser, der ihn schon von weitem sah, ihm entgegen. Zum Ueberfluß erhielt er seinen noch unerbrochenen Brief zurück. Er konnte selbst Karolinens Mutter nicht hassen. Sie hatte gut gehandelt, und er war ja für seine Leiden und seine Verzweiflung belohnt.

Gott! rief er aus, deine Wege sind unerforschlich, aber jeder Schritt auf denselben ist schön. Gieb, daß ich nie richte, nicht über mich, und nicht über meinen Nächsten, denn du allein kannst richten.

An

Antonette,

arm und edel, aber unglückliche Selbstmörderinn aus Liebe.

In der Zeit, als ich mich in Thüringen aufhielt, spazierte ich einst auf einem sehr angenehmen Gange an der sogenannten wilden Gehre hin. Dieser Fluß, der oft reißend ist, war diesmal sehr seicht. An einer seiner Krümmungen stand eine Weide, die hohl war, und unter deren Höhlung der Fluß ein ziemlich starkes Loch aufgerissen. Ich fand eine Dame aus der Stadt, die ich schon einigemal gesehen, schwermüthig da sitzen. Sie hatte eine Handvoll Blumen unter die Weide geworfen, die in dem kleinen Teiche umherschwammen.

Ich redete sie an, und nach einem kleinen Schrecken, von dem sie sich bald erholte, ließ sie sich mit mir in ein Gespräch ein. Ich frug sie, warum sie so schwermüthig da gesessen, und ob die Blumen von ohngefähr, oder mit einer Bedeutung von ihr ins Wasser geworfen sind?

Nicht

Nicht von ohngefähr, sagte sie: Ich
feyere hier oft auf diese Art, das Anden=
ken einer Unglücklichen. Man findet bey
dem Menschengeschlechte so wenig Mitlei=
den für Unglückliche, daß die, welche
noch dieß Gefühl in sich haben, es erhal=
ten, und fortpflanzen müssen. Wenn sie
Gefallen finden, mir zuzuhören, so will ich
ihnen erzählen, was mir diese Weide merk=
würdig macht.

Mir konnte nichts angenehmer seyn,
wir setzten uns auf den Rasen, und die
Dame fieng ihre Erzählung an:

Dort auf dem Gute, dessen Wohn=
haus uns so schön in die Augen fällt,
wohnte vor Jahren eine Kommerzienräthinn,
und neben der Kirche, deren Thurm sie
dort sehen, der Pfarrer des Dorfes, des=
sen Kirchenpatron der Besitzer jenes Gu=
tes ist. Der Mann war jung und blü=
hend, und dieß fand die Kommerzienrä=
thinn, noch in viel vollkommnerem Maaße,
als die übrige Welt. Sie nöthigte ihn
daher oft zu sich, und der Pfarrer gieng
auch oft dahin, nicht der Kommerzienrä=
thinn zu Gefallen, sondern, weil ein an=
derer Gegenstand ihm den Aufenthalt an=
ge=

genehm machte. Antonette, halb Kam=
mer = halb Stubenmädchen der Räthinn
hatte ihn gefesselt. Antonette war ein
schönes blondes Mädchen, ihr goldenes
Haar rollte den weißen Nacken herab.
Ihren schönen Busen bemerkte man durch
alle Verschanzungen, die ihn verhüllten.
Ihr Wuchs war blendend, ihr Auge sanft,
ihr Lächeln bezaubernd. Mehr aber als
alles das, mußte der edle gefühlvolle Pfar=
rer ihre schöne Seele bewundern. Men=
schenfreundlich, liebreich, wohlthätig schien
sie nur gebohren zu seyn, Unglückliche
glücklich zu machen, und wenn ihre Sphä=
re nicht so eingeschränkt gewesen wäre, sie
hätte jede Thräne getrocknet, die im Krei=
se ihrer Bekannten geweint wurde.

Die Mutter der Kommerzienräthinn
hatte das Mädchen, als eine arme Wai=
se zu sich genommen, die keinen Zufluchts=
ort hatte. Das edle Weib hatte ihr mehr
die Erziehung einer Tochter als eines Dienst=
mädchens gegeben, und hatte auf ihrem
Todbette sie der Tochter als ein vom Him=
mel vertrautes Pfand anbefohlen.

Die Tochter hatte der Mutter nicht
nachgeahmt. Anstatt Antonettens Freun=
dinn

dinn zu seyn, war sie nichts weiter, als
ihre Herrschaft. Das arme Mädchen war
aber doch zufrieden, kannte ihren Stand,
liebte die Kommerzienräthinn, und erfüllte jeden ihrer Wünsche.

Lange konnte es dieser Frau nicht verborgen bleiben, daß der junge Pfarrer
Antonette mehr zu Gefallen käme als ihr.
Sie ließ es dem Pfarrer anfangs nicht
entgelten, aber Antonette empfand ihre
Launen. Sie weinte oft darüber, und
als es ihr endlich unerträglich wurde, sie
immer böse auf sich zu sehen, warf sie sich
ihr einmal zu Füßen, und bat sie um
ihrer verstorbenen Mutter willen, ihr die
Ursache ihres Zorns zu entdecken.

„Glaubst du, daß ich den Handel
„zwischen dir und dem Pfarrer nicht mer-
„ke. Hochmüthiges Mädchen! du denkst
„wohl bald Frau Pfarrerinn zu heißen.
„Trau ihm nur, er wird dich schon hin-
„tergehen. Er könnte dich von mir for-
„dern, und ich würde dich ihm nicht ge-
„ben, denn du wärest bey ihm unglück-
„lich.‟ Antonette weinte die bittersten
Thränen, betheuerte mit den heftigsten
Schwüren, daß sie nie mit dem Pfarrer

ein

ein anderes als gleichgültiges Wort ge=
sprochen, daß er ihr nie etwas von Liebe
gesagt, daß sie nie ihre Gedanken so hoch
erhoben, und daß sie ihr verspräche, sie
wollte nie daran denken.

Dieß beruhigte die Kommerzienrä=
thinn, und auf einige Zeit war der Frie=
de hergestellt.

Hatte Antonette vorher nie auf den
Pfarrer Acht gehabt, so bemerkte sie ihn
jetzt genau und immer. Nun, wenn ihre
Blicke den seinigen begegneten, sah sie
verschämt vor sich nieder, und wurde roth.
Jetzt bemerkte sie, daß er ein schöner Mann
war, und alle Tage fand sie ihn schöner.
Sie weinte einigemal darüber. Bin ich
nicht unglücklich, sagte sie, daß ich nicht
fühlen kann, wie ich will, daß sich Ge=
danken mit Gewalt in mir aufdrängen,
die ich versprochen habe, nicht zu haben.
Gott sey bey uns, ich glaube, er hat mirs
angethan. Ich kann ihn nicht sehen, oh=
ne roth zu werden, ohne daß ein Feuer
durch meine Adern fährt. Aber ich wills
ihm sagen. Ich will ihn bitten, er soll
mich nicht mehr ansehen.

Wirk=

Wirklich rief sie ihn den andern Tag in den Garten. Lieber Herr Pfarrer, sagte sie, ich habe eine recht große Bitte an sie, aber sie müssen mich nicht auslachen.

Der Pfarrer hatte in der Welt noch nichts sehnlicher gewünscht, als Antonetten einen Dienst erweisen zu können, er versprach also aufs heiligste, ihre Bitte zu erfüllen.

Antonette. Meine Herrschaft zürnt ihrentwegen mit mir. Sie glaubt, wir haben ein Verständniß mit einander. Darum bitte ich sie, sehen sie mich nicht so oft an.

Sie wurde auch jetzt feuerroth.

Pfarrer. (betäubt und theilnehmend) Gerade das, liebe Antonette, ist das einzige, was ich von allem in der Welt ihnen nicht versprechen kann. Ich würde versprechen, was ich nicht halten könnte. Wenn ich sie sehe, muß ich sie ansehen, und da wir einmal jetzt so weit gekommen sind, so muß ichs ihnen nur gestehen: Ich liebe sie, ich wünsche sie zu meiner Frau, ich mag keine andere als sie.

Antonette. So machen sie mich unglücklich.

Pfar-

Pfarrer. Wer sagt das, Kind, wer kann das behaupten? der muß eine schlechte Meinung von meiner Liebe zu ihnen, und von meiner Achtung für Sie haben.

Antonette. Die Kommerzienräthinn hat es gesagt, und zugleich, daß sie nie ihre Einwilligung dazu geben würde, wenn sie auch um mich anhielten.

Pfarrer. Das wird sich finden, liebes Mädchen. Die Kommerzienräthinn kann als ihre Herrschaft ihnen befehlen, was sie in ihrem Dienste thun, und lassen sollen, aber über ihr Schicksal kann sie nichts bestimmen. Darüber sind sie ihr eigener Herr. Indessen will ich sie nicht übereilen. Lernen sie mich erst recht kennen, damit sie überzeugt werden, daß ich es gut mit ihnen meine.

Die Worte des Pfarrers waren Antonetten süß und angenehm, aber ihre Seele war betrübt, denn sie hieng zu sehr an ihrer Herrschaft. Sie kehrte sehr traurig aus dem Garten zurück. Sie wußte, sie hatte das Uebel ärger gemacht. Nicht allein lag ihr die Person des Pfarrers im Sinn, sondern der Gedanke, zu welcher Ehre er sie erheben wolle, war ihr schmei-

chel

chelhaft. Sie konnte kein höheres Glück
sich denken, als Pfarrerinn des Dorfs zu
seyn, und an diesem Glücke wollte die
Kommerzienräthinn sie hindern.

Der Pfarrer wußte wohl, was die
Kommerzienräthinn wollte, aber das wollte
er nicht. Er paßte jetzt jede Gelegenheit
ab, wo er mit Antonetten allein seyn konnte, zeigte sich ihr von so viel vortheilhaf-
ten Seiten, daß sie ihm täglich gewoge-
ner wurde, ihn so liebte, daß sie selbst
fühlte, sie würde mit ihm die glücklichste
Person seyn, und endlich zugab, daß er
bey der Kommerzienräthinn um sie an-
hielte.

Der Pfarrer hatte nicht versäumt,
dieser öfters seine Aufwartung zu machen,
hatte ihrer Freundlichkeit, Höflichkeit, ihren verliebten Blicken, kalten Scherz ent-
gegengesetzt. Antonettens Versprechen, in
welches sie kein Mistrauen setzte, hatte
sie von der Seite beruhigt, und sie hofte
immer noch zu ihrem Zweck zu kommen.

Heute gerade war sie in der lüstern-
sten Laune, als er erschien, und freute
sich, da sie ihn sah, nahm sich vor, jeden
ihrer Reize aufzubieten, und schmeichelte
                                    sich

sich der Gewißheit ihrer Eroberung, als der Pfarrer sie so anredete.

Frau Kommerzienräthinn, ich komme heute in der Absicht zu ihnen, sie um eine große Gefälligkeit zu bitten — deren Erfüllung mein ganzes Glück bestimmt.

Kommerzienräthinn. Und was könnte ich ihnen abschlagen, wenns ihr Glück beträfe. Sie verkennen eine Freundinn, die mehr als Achtung für sie fühlt, und niemand lieber als ihnen etwas auf= opfert.

Pfarrer. Sie haben ein Kleinod in ihrem Hause, auf dessen Besitz ich stolz seyn würde. Ein liebes Mädchen, deren Seele mit der meinigen so ganz sympa= thisirt — (die Kommerzienräthinn wurde feuerroth.) Geben sie mir ihre Antonette zur Frau, und sie machen mich zum selig= sten aller Männer.

Kommerzienräthinn. Sie scherzen, Herr Pastor. Ein Dienstmädchen zu ihrer Frau. Was würde die ganze Gemeinde dazu sagen, am Ende könnte man gar glauben, sie heuratheten das Mädchen dem Kirchenpatron zu gefallen.

Pfar=

Pfarrer. Madame! doch, ich glaube
vielmehr, sie scherzen. Es ist keine Seele
in meiner Gemeinde, die nicht für Anto=
netten die größte Hochachtung hätte. Je=
dermann liebt sie sogar, und ich glaube,
ich könnte allen kein besseres angenehme=
res Geschenk, als mit einer solchen Pfar=
rerinn machen.

Kommerzienräthinn. Das hat ihnen
das närrsche Mädchen so eingeschwätzt. Ha=
ben sie denn mit ihr schon alles richtig
gemacht, und hat sie eingewilliget, daß sie
mit mir davon reden sollen? Das glaub
ich kaum.

Pfarrer. Wie können sie das nicht
glauben. Ich sollte mich ihnen in der Ab=
sicht zeigen, in der ich hier bin, ohne die
Hauptperson darüber zu befragen. Nein,
sie ist alles zufrieden. Sie liebt mich,
und unsrer Herzensverbindung steht nichts
als ihre Einwilligung im Wege.

Kommerzienräthinn. Die ihnen auch
wohl ewig im Wege stehen wird. Ich
kann nicht zugeben, daß sie, Herr Pastor,
ihrem Stande etwas vergeben — ich kann
nicht zugeben, daß mein Dienstmädchen
sich über die Gränzen erhebt, die ihr Stand
ihr

ihr vorschreibt. Ich kann nicht zugeben,
daß eine ärgerliche Geschichte in Ansehung
meines Mannes zu Markte gebracht wird,
und endlich, lieber Herr Pastor, warum
wollen sie heurathen?

Pfarrer. Welche Frage, Frau Kommerzienräthinn? Wenn ich sie ihnen in
Ansehung der Vorzeit zurückgäbe?

Kommerzienräthinn. Sonderbarer
Mann! Das ist ein großer Unterschied.
Ein Mädchen muß unter die Haube zu kommen suchen. Was fehlt aber ihnen? Sie
können die beste Parthie abwarten — und
indessen, lieber Herr Pastor, gewisse Leute
sind bey sehenden Augen blind.

Pfarrer. Wollen es seyn, Frau
Kommerzienräthinn. Ich wüßte in der
That nicht, wie ich bey meinem Amte und
Stande dazu käme, da zu sehen, wo mich
die Pflicht bindet, blind zu seyn. Ich
dächte, sie von ihrer Seite bedächten, wie
leicht sie ihren Gemahl ins Gerede bringen könnten. Uebrigens sehe ich, daß ich
bey ihnen nichts erlangen werde, und werde mich an ihren Herrn Gemahl wenden.

Er verließ bey diesen Worten die vor
Wuth schäumende Kommerzienräthinn.

Sei=

Seine Sache aber hatte er nicht gut gemacht. Er wußte nicht, daß sie über ihren Mann uneingeschränkte Gewalt hatte. Ein Briefchen von ihr verrückte des Pfarrers ganzes Konzept, und Antonette mußte nun das Opfer davon werden.

Diese kam wenig Augenblicke, nach dem er die Räthinn verlassen, zu ihr. Du hast schön Wort gehalten, sagte sie wild. Der Pfarrer hat mit deiner Bewilligung bey mir um dich angehalten.

Antonette. Ach! Madam, er ist ein so guter, so lieber Mann, ich kanns ihm nicht abschlagen. Geben sie mich ihm doch. Sie machen mein Glück auf immer. Ich kann nie einen besseren Mann bekommen.

Kommerzienräthinn. Geh fort in deine Kammer. Ich hätte dir damals nicht gesagt, du würdest mit ihm unglücklich seyn, wenn ichs nicht gewußt hätte. Ich werde dich rufen lassen.

Antonette gieng weinend, und jetzt ließ die Räthinn ein Mädchen in ihrem Hause zu sich kommen, die sich mit einem ihrer Domestiken vergessen, und als schwanger angegeben war.

Biogr. III. Th.   d   Hier,

Hier, Friederike, sagte sie, sind zwanzig Thaler. Die gebe ich dir, wenn du Antonetten sagst, daß du schwanger vom Pfarrer wärest. Du mußt es aber im Nothfall dem Pfarrer auch ins Gesicht sagen. Zur Untersuchung kömmt es nicht, und die Sache wird in der Stille abgethan. Antonette will den Pfarrer heyrathen, und ich gebe nicht zu, daß ein Dienstmädchen meines Hauses inskünftige an meiner Tafel ißt.

Außer den zwanzig Thalern, die Friederiken blendeten, wirkte auch der Neid auf Antonettens Glück. Sobald sie ja gesagt, wurde das arme Mädchen gerufen.

Nein, rief Antonette, wie sie es hörte, das ist nicht wahr, das ist Verläumdung, der Pfarrer ist unschuldig!

Ha, sagte die Kommerzienräthinn, du willst mich lügen strafen — Nun sehe ich, daß du eine abgefeimte Heuchlerinn bist — Und nun merke ich alles. Der Pfarrer hat dich eben auch verführt, und darum treibst du so auf die Heyrath mit ihm.

Pfui,

Pfui, sagte Antonette erröthend, und
fest. Wenn hätte ich ihnen Gelegenheit
gegeben, das von mir zu glauben. Meinen ehrlichen Namen lassen sie ja — das
habe ich nicht um sie verdient.

Das ist die freche Sprache aller solcher Dirnen. Aber wir wollen dich schon
kriegen. Morgen ins Arbeithaus auf so
lange, bis wir wissen, woran wir sind.

Großer Gott! rief Antonette, wie
schrecklich strafst du mich! Sie lief fort,
und weinte in ihrer Kammer.

Gegen Abend kam ein Bedienter, und
kündigte ihr an, sie sollte morgen zum Kom-
merzienrath in die Stadt kommen. Wir
bedauern sie alle, gute Antonette, setzte er
hinzu, und unsern guten Pfarrer auch.

Nun sah sich das arme Mädchen
von allen beschimpft. Verzweiflung ergriff
sie. Sie sah kein Mittel sich zu retten.
Ich will zu meinem Gott gehen, sagte sie
zu sich. Sie betete die ganze Nacht. An
Pfarrer schrieb sie folgendes Zettelchen:

„Wir sind beyde unschuldig, das
„weis Gott, zu dem ich gehe. In der
„Gehre werden sie mich finden."

Der

Der Tag grauete kaum, so gieng Antonette fort. Eine alte Bekannte begegnete ihr.

Alte. Sie ist so unordentlich gekleidet, Antonette, wie kömmt das?

Antonette. Wohin ich gehe, brauche ich keinen Putz. Geht sie ins Dorf, gute Alte —

Alte. Gerade zu. Hat sie was dort zu bestellen, so geb sie mirs her —

Antonette. Das Zettelchen an Pastor. Grüsse sie ihn recht schön von mir.

Alte. Der Gruß wird ihm lieb seyn. Nun, Adieu. Verkälte sie sich nicht, Antonette, geh sie bald nach Hause.

Antonette kam an diese Weide. Das Wasser war ihr zu seicht. Sie steckte den Kopf in diese Höhlung, und war bald von ihrer Marter befreyt.

Nach einer halben Stunde kam der Pfarrer, zog sie selbst hervor, und trug sie in sein Haus, denn hier werden Selbstmörder noch vom Schinder aufgenommen. Friederike gestand alles, und der Pfarrer brachte es dahin, daß Antonette ehrlich begraben wurde. Die Kommerzienräthinn mußte viel Strafe geben. Der Pfarrer
legte.

legte seine Stelle nieder, und man weis
nicht, wohin er gekommen.

Die Dame endigte ihre Erzählung.
Wir standen auf, und mit Thränen in den Au=
gen giengen wir beyde in die Stadt zurück.

Friedrich,
Mörder und Selbstmörder aus Liebe.

Liebe ist an und vor sich genommen, ei=
ne Leidenschaft, die in die heftigsten Aus=
brüche von Wuth, und in Handlungen
übergehen kann, die dem menschlichen Ge=
schlechte zur Schande gereichen.

Wenn sie aber noch nebenbey
durch andere Umstände gekränkt wird, wenn
Folgen daraus entspringen, die auf das
ganze übrige Leben des Menschen im In=
neren und Aeußern Bezug haben, so wirkt
ihr Feuer um desto schneller, und bricht
in Flammen aus, die so leicht nicht zu
löschen sind. Das nachfolgende Beyspiel
mag hievon den Beweis geben.

Wir

Wir wollen den Gegenstand, den wir hier aufführen, Friedrich nennen. Er war eines Profeßioniſten Sohn, der ihm ſeine Profeßion hatte lernen laſſen, nicht reich aber wohlhabend. Bruder und Schweſtern von ihm waren in Anſehen, und er ſelbſt konnte durch ſein bischen Geld, ſein gutes Gemüth, durch ſeinen Fleiß und ſeine Geſchicklichkeit, auf ein vergnügtes, ruhiges und mehr als nothdürftiges Leben rechnen.

Er gieng zu einer Wittwe in Kondition, die eine einzige Tochter hatte. Die Wittwe vertraute ihm ihr ganzes Werk, welches ihr eigen war, und einen anſehnlichen Werth hatte, an. Sie konnte ihn leiden, und ſein Fleiß und Geſchicklichkeit machte ihn ihr noch angenehmer. Sie hegte die Abſicht, ihn wo möglich ſo in ihr Netz zu ziehen, daß er ſie heyrathete. Dieſe Abſicht behielt ſie nicht für ſich, ſie ließ ſie ziemlich laut werden, und der junge Mann hörte das von andern, worauf er ſelbſt nicht im geringſten verfallen war. Er verwarf es aber, ſobald man es ihm ſagte, und betrug ſich gegen die Wittwe ſo, daß ſie wohl merkte, daß ihr Zweck

ihr

ihr schwerlich gelingen würde. Desto
freundlicher war er gegen die Tochter, die
seinen Wünschen auch nicht zuwider schien.
Das dauerte einige Jahre fort, und er
fieng endlich an, ernstlich auf die Erfül=
lung seines Verlangens bedacht zu seyn.
Er glaubte sich von des Mädchens Seite,
die ihm Gegenliebe versprochen, vielleicht
thätlich bewilliget, ganz sicher, und suchte
also nur auf eine oder die andere Art die
Mutter für sich zu stimmen. Um ihr nä=
her zu kommen, erbot er sich, gewisse noth=
wendige und kostbare Reparaturen an ih=
rem Werke auf seine Kosten machen zu
lassen, ließ sich von Haus das Geld da=
zu schicken, und vergaß aus der gewissen
Ueberzeugung, es könne hier nicht fehlen,
sich seine Auslagen documentiren zu lassen.

Der Wittwe war dieser Schritt nicht
minder angenehm. Sie wußte, er könnte
dann nicht leicht loskommen, und kannte
noch sein Verständniß mit der Tochter
nicht so genau. Er eröffnete es ihr aber
einmal selbst, und sagte ihr geradezu, er
wünschte diese zur Frau.

Die Wittwe machte ihm so viel Ge=
genvorstellungen, als sie nur zuwege brin=
gen

gen konnte, machte ihm die Heurath mit
einem so jungen unerfahrnen Mädchen zu=
wider, und pries ihm die mit einem ge=
setzten Frauenzimmer an. Friedrich wußte
wohl, wohin das gieng, hatte aber keine
Ohren dazu, und begnügte sich, ihr zu
sagen, sie möchte das Ding überlegen.

Das that sie, denn sie überlegte
reiflich, wie sie ihm das Hinderniß ihre
eigene Leidenschaft zu befriedigen, aus den
Gedanken, und aus der Möglichkeit des
Besitzes bringen wollte.

Es gieng in ihrem Hause ein junger
Gelehrter aus und ein, dessen Familie
eben nicht in den besten Umständen war.
Er wußte, daß das Mädchen reich war,
und man hat nie erfahren können, ob er
nicht wirklich bey der Bekanntschaft, die
anfangs nicht so ganz genau war, Absich=
ten hatte. So viel ist gewiß, daß die
Mutter des Mädchens auf ihn verfiel,
daß sie der Tochter gleich vom Glücke
vorredete, was sie machen könnte, wenn
sie die Frau eines Gelehrten würde. An=
fangs weigerte sich das Mädchen, daran
zu denken, und wandte gleich Friedrichen
vor. Allein wiederhollte Vorstellungen —

Die

Die Erklärung, daß man selbst Friedri=
chen zu heurathen dächte, und die Aus=
sicht, daß ohne der Mutter Einwilligung
an diese Verbindung nicht zu denken sey,
wirkten endlich auf das Mädchen. Sie
fieng an zu glauben, sie schicke sich besser
zur vornehmen Frau, als zur Handwerke=
rinn, und die Regungen, die ja gegen Frie=
drichen noch in ihr aufstiegen, wurden mit
Gewalt von ihr niedergedrückt.

Um den jungen Mann selbst zu ei=
nem Schritte zu verleiten, den er ohne
diese gebrauchte List gewiß nicht gethan
haben würde, fieng sie damit an, daß sie
nicht allein seine Familie unterstützte, son=
dern, auch ihm selbst zur Fortse=
tzung des Studierens Geld vorschoß.

Friedrich sah wohl, daß der junge
Gelehrte im Hause viel galt, daß er bey
allen Gelegenheiten vorgezogen wurde, daß
die Mutter ihn liebkosete, und die Tochter
auch freundlich gegen ihn war, allein, da
ihm dieß alles nicht so herzlich anzugehen
schien, da er weder die Liebkosungen der
Mutter erwiederte, noch viel aus der
Tochter machte, so schloß er bey sich, daß
dieß eine der so gewöhnlichen Liebschaften
bey

bey einer alten Frau sey, wofür man sich
bezahlen läßt, lachte die Mutter aus, und
bedauerte den jungen Mann.

Man ist indessen nicht immer gleich
bey Laune, und wenn nun diese ein we=
nig übel war, so pflegte Friedrich wohl
seine Schöne deswegen anzugehen, und sich
bey ihr zu erkundigen, was denn eigent=
lich die häufigen Besuche, und das Hät=
scheln des jungen Mannes bedeuten sollte?

Hier fehlte sie gewiß sehr, daß sie
ihm nicht die reine Wahrheit sagte. Sie
dachte freylich, wenn es zum Treffen kä=
me, müßte er sich wohl alles gefallen las=
sen, aber sie bedachte nicht, daß er Mensch
wie andere wäre, und Rache und Wuth
ihn überwältigen könnten. Sie schalt ihn
einen mondsüchtigen Menschen, der sich
Grillen mache, wo an gar keine zu den=
ken sey, und verwies ihn auf des jungen
Gelehrten Betragen gegen sich, gegen wel=
chen Beweis er denn auch nichts einwen=
den konnte.

Selbst dachte sie auch von des jun=
gen Mannes Aufführung gegen sich, daß
sie höchst unschicklich wäre, denn sie konn=
te nicht vermuthen, daß er gar nichts da=
von

von wiſſe, daß er ſie heurathen ſollte, und
daß dieß blos eine von der Mutter einge=
fädelte Sache wäre.

Dieſer ſchien der Zeitpunkt gekommen
zu ſeyn, daß ſie losbrechen müßte. Sechs=
hundert Thaler war der junge Gelehrte und
ſeine Familie ihr ſchuldig, worüber ſie ſich
jederzeit richtige Dokumente geben laſſen.
Als ſie eines Abends mit ihm allein ſaß,
frug ſie ihn ganz trocken, wenn er denn
Anſtalt zu machen dächte, einen Gradum
anzunehmen, und ihre Tochter zu heura=
then. Der junge Mann wurde blaß bey
dieſer Erklärung. Er konnte nicht unter=
laſſen, ſehr freymüthig zu ſagen, daß dies
nie ſeine Abſicht geweſen, und nie ſie ſein
würde. Er wäre als Freund im Hauſe
aus und eingegangen, und habe alle erwie=
ſene Gefälligkeiten als Freundſchaft aufge=
nommen.

Mit nichten, erwiederte die Megäre,
ſo kommen ſie nicht davon. Sie müſſen
meine Tochter heurathen, oder alles mir, was
ich ihnen vorgeſchoſſen, wieder bezahlen —

Das ſoll ihnen auch wieder bezahlt
werden. Ich habe nahe Ausſichten zu ei=
nem Dienſte, und dann werde ich ihnen
Ka=

Kapital und Interessen so schnell es mir
nur möglich ist, bezahlen, und sollte ich
mir selbst etwas Nothdürftiges darüber ent=
ziehen.

So — das meinen sie wäre alles.
Nein, mein Herr, ich habe geglaubt sie
kommen nur meiner Tochter willen zu mir.
Morgen bezahlt oder geheurathet.

Mit diesen Worten ließ sie den be=
stürzten jungen Mann stehen, und er schlich
trübe, und mit dem festen Vorsatz zu Haus,
das Mädchen nicht zu heurathen.

Kurz nach Tages Anbruch war die
saubre Schwiegermama schon bei der Mut=
ter des jungen Gelehrten, und kündigte
ihr ihr Endurtheil an. Das arme Weib er=
starrte fast. Sie war nicht allein ganz ruinirt,
sondern sah sich auch der Möglichkeit be=
raubt, ihre übrigen Kinder etwas lernen
zu lassen. Von allem dem nahm der alte
Drache keine Notiz, sondern gieng so gleich=
gültig von der weinenden Familie weg,
als ob nichts vorgefallen wäre.

Der Sohn kam, und fand alles in
Thränen. Die Mutter vermochte ihm nicht
zuzureden, denn sie wußte, was eine ge=
zwungene Ehe für Folgen habe. Aber

Schwe=

Schwestern und Brüder baten ihn wim=
mernd, sie nicht zu verlassen. Söfgen ist
doch ein artig Mädchen, sprach die eine,
— sie hat dich lieb, sagte die andere —
ein Bruder trug weinend seine Bücher ihm
vor, und sagte, er müsse sie ins Feuer
werfen, wenn ihn die Mutter nicht fort=
studieren laffen könnte —

Der junge Mann müßte ein Felsen=
herz gehabt haben, wenn er hätte wollen
gleichgültig bleiben. Er überlegte sichs,
daß so viele ein Opfer für ihre Familien
geworden, hielt sich auch dazu bestimmt,
faßte nicht allein den heldenmüthigen Ent=
schluß sich hinzugeben, sondern führte ihn
auch sogleich aus, indem er zur Mutter des
Mädchens gieng, und sein Jawort gab.

Das geschah an einem Freytage,
und Sonntags veranstaltete man schon in
der größten Stille die Kopulazion, in
einer der abgelegensten Kirchen.

Von allem dem wußte Friedrich
nichts. Er gieng ruhig seiner Arbeit nach, die
ihm wenig Zeit übrig ließ. Am Sonntage
Abends aber, da er in einem Weinhause
noch ziemlich spät war, kam einer seiner
Kameraden, der in einem andern gewesen,
hin=

hinein, und freute sich, da er ihn sah,
daß er ihn so heiter fände.

Und warum sollte ichs nicht seyn?
frug Friedrich —

Dein Mädchen, sagte jener, muß
dir ziemlich gleichgültig geworden seyn, da
du sie so ruhig einem andern überlassen
kannst —

Wie so? — ich verstehe davon nicht
ein Wort — Erkläre dich —

Du mußt es doch am besten wissen,
daß sie heute früh 6 Uhr in der * * Kirche mit dem jungen Gelehrten getrauet worden. Jedermann weis das ja —

Tod und Hölle! Nein, davon weis
ich gerade nichts — Ich allein nichts?
Mir allein hat man es verhehlt? — Aber
wart, die Brut will ich bezahlen —

Sein Kamerad merkte, daß er mehr
gesagt hatte, als Friedrich wissen sollte.
Er wollte es wo möglich wieder gut machen, weil er des Burschen heftigen Karakter kannte, und alles Unglück fürchtete.
Er lenkte also ein, und sagte: Da du
aber nichts davon weißt, so ists auch
möglich, daß es nur ein ausgesprengtes
Mährchen ist. Du weißt ja wohl, wie die

Men-

Menschen sind. Man darf nur von etwas mucken, so wirds gleich zur Wahrheit gemacht und mit tausend Verschönerungen und Zusätzen vermehrt.

Nein, donnerte Friedrich heraus, es ist wahr. Es ist heraus. Ich hätt es in ihren sakramentalischen Gesichtern lesen sollen. Das alte Fell denkt, ich soll sie nehmen, und der junge Affe hat den Narren an der vornehmen Frau gefressen. Aber ich will dir die vornehme Frau eintränken. Der Schleicher von einem Gelehrten. That, als ob er kein Wasser betrübte, als ob er das Mädchen gar nicht leiden könnte, sieht sie kaum an — und nimmt sie mir weg. Du hast mir dem Mädchen den Kopf verrückt. Du und die Mutter — aber beym Teufel, ihr habts nicht umsonst gethan.

Er wollte wüthend fortlaufen, aber sein Kamerad hielt ihn noch auf. Erst, sagte er, mußt du mir versprechen dich näher nach der Sache zu erkundigen, ehe du das geringste vornimmst — Endlich versprach ers, und beruhigte sich doch in etwas.

Wie er zu Hause ankam, war alles schon zu Bette. Er konnte also nichts machen, aber doch untersuchte er noch, wo

den

den Zimmern beyzukommen wäre, in welchen die neuen Eheleute schliefen.

Den andern Morgen kam er früh
wider seine Gewohnheit ins Zimmer der
Alten, und erschrack freylich nicht wenig,
als er den jungen Gelehrten im Schlafrock
Kaffee trinken sah. Er verließ das Uibermaaß
seiner Wuth und machte, daß er fort kam.

In diesem Augenblick muß seine ganze
That in seiner Seele schon bestimmt gewesen
seyn, denn das war der Zeitpunkt, wo er auf
den Markt eilte, und sich ein recht großes
Messer einkaufte. Die Verkäuferinn sah ihn
schon ziemlich verstört, und frug, was er
mit dem Messer machen wollte? Ich will
reisen, und da nehm ichs auf Spekulazion
zur Vertheidigung und zum Gebrauch.

Was er weiter inzwischen gedacht,
und gethan, davon läßt sich nichts bestimmen,
schliessen aber, daß ihm

1.) Der Verlust des Mädchens außer-
ordentlich zu Herzen gegangen, die er nach
der Aussage aller derer, die mit seinen Verhältnissen genau bekannt waren, recht innig
geliebt. Das Gefühl von ihr, für die er
alles gethan, alles aufgeopfert, die allein
seine Glückseligkeit ausmachte, so verworfen

fen verschmäht zu werden, und überschweng=
liche Liebe so verachtet zu sehen, mußte
allerdings seiner Leidenschaft ein so nagen=
der Wurm werden, daß sie bis zur Ulber=
treibung wüthete.

2) Sahe er sich von der Welt, die
ihn kannte, verspottet, oder glaubte we=
nigstens sich verspottet zu sehen. Seinen
Bekannten konnte er ohne roth zu werden
gar nicht unter die Augen kommen, und
hatte schon in vorigen Zeiten sich gegen sie
merken lassen, daß, ehe er Beschimpfung
ertrüge, er lieber sich selbst von der Welt
schaffte.

3) Hatte er keine andere Aussicht,
als alten Drachen, den er nun schon wie
seine Sünde seit der Zeit ihres Antrags
haßte, zu heurathen, oder des in ihr Ei=
genthum versteckten Geldes quit zu gehen,
weil er sich keine Dokumente, darüber ge=
ben lassen. Hierinn aber bestand ein gro=
ßer Theil seines Vermögens.

Wenn diese Uiberlegungen bei ihm
alle zusammen kamen, wenn man bedenkt,
mit welchem falschen Lichte er den jungen
Ehemann betrachtete, ihn allein für den
schuldigsten hielt, und von jenen Umstän=

Biog. III. Th.　　e　　　　den

den nichts wußte, so kann man seine That
gelinder finden.

Diese bestand darinn. Nachdem er
überzeugt war, daß der junge Gelehrte
wirklich in der Kammer neben dem Schlafzimmer der Mutter und Tochter schlief,
so machte er, um bequemer seinen Vorsatz
ausführen zu können, einen Laden an einem Fenster auf, wodurch er in der Nacht
ins Haus kam, denn er wohnte in einem
Nebengebäude.

Er schlich, ohne daß jemand es merkte, bis ins Schlafzimmer des jungen Gelehrten, fiel über das Bette her, und versetzte ihm, in der Meinung ihn gleich zu
ermorden, zwey Stiche, die aber nur den
Arm trafen. Er hatte das Messer an seiner rechten Hand festgebunden, vermuthlich
in der Absicht, damit es ihm nicht ent-
wunden werden könnte.

Von diesen Stichen erwachte aber
jener, und wurde bald gewahr, daß er
mit einem Mörder zu kämpfen hatte. Er
wehrte sich daher so gut er konnte, kam
glücklich aus dem Bette heraus, und balg-
te sich lange mit ihm herum, bekam noch
eine tüchtige Kopfwunde vom Schlage mit
ei-

einem Hammer, und verschiedene kleinere
Wunden, die wohl beim Herumvagiren der
Hand, woran das Messer gebunden war,
gefallen seyn mochten. Endlich wurde der
Mörder doch insoweit sein Herr, daß er
ihm an die Gurgel kam, und ihm einen
Schnitt über den ganzen Hals versetzte,
der tödtlich gewesen seyn würde, wenn nicht
die junge Frau dem Mörder in den Arm
gefallen wäre.

Sie war nebst der Mutter von dem
Gepolter des Balgens aufgewacht und da
sie ächzen und wimmern hörten, hatte die
Mutter gleich aus dem Fenster nach Hil=
fe geschrien, und die Tochter war ins Zim=
mer geeilet, wo sie oben im glücklichen
Augenblicke angekommen.

Friedrich glaubte indessen doch, sein
Gegner, den die Verblutung ermattet, wäre
todt, und ließ ihn liegen, um auf die Frau
loszugehen, die sich aber in der Dunkel=
heit in eine Ecke retirirt, wo er sie zum
Glück nicht suchte. Der Lärm der Mut=
ter war aber auch wirksam geworden, und
Friedrich hörte von draussen die Polizey=
wächter, die die Thür, die er zugeschlossen,
einzuschlagen droheten.

Da

Da er sich ohne Rettung verloren sah, gab er sich einen Schnitt in den Unterleib, und mit einem anderen schnitt er sich den Hals so tief ab, daß er nach wenig Minuten zu leben aufhörte.

Trauriges Schicksal eines Menschen, von dem man behauptet er habe keiner Leidenschaft gefrönt, als der Liebe zu diesem Mädchen, den also ein Augenblick so unglücklich machte. Der junge Gelehrte erholte sich, und wurde wieder geheilt.

Der Körper des Selbstmörders, wurde aufs Rad geflochten. Mit welchem Rechte, das wage ich nicht zu bestimmen. Der Mutter ist nichts geschehen. Was konnte ihr auch nach den Gesetzen angethan werden? aber nach der Billigkeit? darnach wird zwar nicht gerichtet.

Wer wagt es diesen Unglücklichen einen Lasterhaften zu nennen, wenn er schon zwey der größten Laster begieng. Vorsatz mußte ihm bey dem Morde zur Last gelegt werden, daß hat seine Richtigkeit, aber selbst dieser Vorsatz war doch wohl Wirkung der Leidenschaft, die ein so unbilliges Verfahren, wie man gegen ihn beobachtet, bis zur Wuth hervorbringen mußte.

te. Auch trug er die Theilnehmung des
ganzen Publikums davon. Da war nie=
mand, der gesagt hätte: Der abscheuliche
Mensch. Alle seufzten; Der arme hinter=
gangene Schelm! Allen schien das über
ihn ausgesprochene Urtheil hart und un=
gerecht, und weit gefehlt, daß seine Exe=
kuzion das gewöhnliche Mitleiden hervor=
brachte, so sah man vielmehr die Hälfte
der Menschen Menge mit Thränen in den
Augen seinen Tod und das Schicksal des
unglücklichen Körpers beweinen.

Die Lebenden kamen dabey am
schlimmsten weg. Wie viele konnten wohl
von der Sache so genau unterrichtet seyn,
daß sie die Bewegungsgründe des jungen
Gelehrten, und das Betragen seiner Schwie=
germutter gegen seine Familie wußten. Der
ganze Haufe hielt ihn also für den, der
dem armen Burschen das Mädchen wegge=
kapert, und ihre Eitelkeit und Stolz über=
listet. Er hatte seine Ruhe und sein Glück
seiner Familie geopfert, wäre beynahe um
sein Leben gekommen, mußte auf die schmerz=
hafteste Weise viele Wochen mit der Hei=
lung zubringen, und wurde noch von al=
ler Welt scheel angesehen, und dadurch na=
tür=

türlich dahin gebracht, daß er seinen Ge=
burtsort verließ.

Mädchen und Mutter lassen sich nicht
so sehr, besonders die leztere gar nicht ent=
schuldigen. Auch blieb sie bei der ganzen
Geschichte kalt und unempfindlich. Ein
wahrer Kloz unter den Menschen, der nur
mechanisch lebte, und nur, was dahin ge=
hörte empfand.

Die junge Frau zeigte sich von ei=
ner besseren Seite, sie wartete ihren Mann
wenigstens in seiner Krankheit aufs sorg=
fältigste, und gab Hofnung, daß sie ihm
sein Leben nicht ganz verbittern würde.

Aber er ist doch trübe und nachden=
kend geblieben. Die Lebhaftigkeit seines
Geistes ist entflohen, und es mögen ihm die
Auftritte nicht aus den Gedächtniß kom=
men, die er so ganz ohne sein Verschulden,
erleben müssen.

Frau

Frau von L****d.

Selbstmörderinn aus Ehrgeiz.

Fräulein von W**, aus einem der ältesten deutschen Geschlechter, dessen größerer Stamm aber jetzt in eine der nordischen Provinzen versetzt ist, war die erste Schönheit des Landes. Von ihren Eltern geliebt, von ihren Verwandten verehrt, war sie die Freude ihres Hauses. Sie wuchs dem Alter entgegen, wo sie einen liebenswürdigen Jüngling glücklich machen konnte, und kaum hatte sie es erreicht, so bewarben sich viele um ihre Hand.

Ihren Augen aber und ihrem Herzen gefiel keiner besser als der junge Herr von L*, und verdiente ein Jüngling das liebenswürdigste Geschöpf zur Gattinn zu erhalten, so war er es. Sie wurden nach einer erst entfernten Bekanntschaft täglich vertrauter, entdeckten täglich mehr liebenswürdige Eigenschaften eins an den andern, und waren so weit, daß sie sich Liebe entdecken wollten, als auf einmal ein für sie ganz unerwarteter Zufall des Fräuleins Gesinnungen wankend machte.

Drey

Drey Monate schon war eine ihrer
ältern Schwestern, die beyde verheurathet
waren, so krank, daß man niemanden zu
ihr ließ, selbst ihre nächsten Verwandten
nicht. Nur ihr Mann, und einige ältere
Freundinnen des Hauses kamen zu ihr.
Lottchen, so hieß die ledige Schwester, wur=
de auch nicht vorgelassen, und es kränkte
sie um so mehr, da sie immer ihre lieb=
ste Schwester gewesen, und Amalia nie
etwas unternommen hatte, ohne sie darum
zu fragen. Lottchen machte sich tausend
bittere Vorstellungen, glaubte sogar, ihre
Schwester wäre todt, und man wolle ihr
es verhehlen, und nur die theuersten Ver=
sicherungen ihrer Mutter konnten den Wahn
in ihr unterdrücken, bis sie endlich durch
die frohe Nachricht, ihre Schwester sey
glücklich von einer Tochter entbunden, und
durch die noch frohere, daß sie sie besuchen
dürfte, erfreuet wurde.

Sie flog mehr zu ihr, als sie gieng.
Sie fand sie weinend im Bette. Ihr Kind
lag vor ihr, und sie netzte es mit Thrä=
nen. Lottchen, sagte sie, und sah sie be=
deutend an, du hast mich gewiß lange
nicht gesehen?

L.

L. Seit dreh Monaten nicht, liebe Amalie. O du bist grausam mit mir umgegangen. Was hatte ich dir gethan, daß du die, die dich so zärtlich liebt, von deinem Krankenbette verstießest, wo sie besser als irgend jemand dich gewartet hätte.

A. Ich that es nicht, liebes Lottchen, ich habe nichts von mir selbst gewußt. Man hat dich besser gehütet, als mich. So machte man mirs, als meine ältere Schwester krank war; aber man glaubte nicht, daß ich mit Gewalt durchdringen würde. Ich thats, und fand sie,— ach Lottchen! närrisch, verrückt, so daß sie gebunden werden mußte, und das dauerte dreh Monate bis zu ihrer Niederkunft.

L. Und du — Amalie — rede!

A. Ich bin in dem nehmlichen Zustande gewesen; ich muß dir alles sagen, Lottchen. Wenn du noch nicht liebst, oder doch deinem Herzen noch gebieten kannst, so heurathe nicht. Ein schrecklicher Fluch ruhet auf unserm Hause. Ich erfuhrs, ehe ich heurathete, und wollte nicht glauben, daß er an mir erfüllt werden würde. Jetzt habe ich die traurige Erfahrung

ge=

gemacht. Du Lottchen, bey deinem Herzen, deinen weichen Empfindungen, du überlebteſt das Schreckliche deſſelben nicht. Höre mich:

Wie ich meine Schweſter in dem fürchterlichen Zuſtande ſah, eilte ich zu meiner Großmutter, um da, mich auszuweinen. Sie ſchalt mich, daß ich ungehorſam genug geweſen wäre, mich mit Gewalt durchzudrängen, aber ſie ſchalt nicht lange. Du weiſt, wie zärtlich ſie iſt. Sie kann keine Thränen ſehen. Du dauerſt mich, Amalie, ſagte ſie zu mir. Du haſt das nehmliche Schickſal zu erwarten.

Ich fuhr zuſammen, als ob mich ein Blitz getroffen. Hatte ich viel Mitleiden mit dem Zuſtande meiner Schweſter gehabt, ſo verwandelte ſich dieſes jetzt in Schauder, wenn ich mich ſo dachte. Jede Vorſtellung eines künftigen Elends ſteht unendlich viel ſchwärzer vor uns, als wenn wir es ſelbſt empfinden.

Seit Zeiten, fuhr meine Großmutter fort, die ich nicht beſtimmen kann, weil ſie über mein Andenken hinausgehen, liegt das ſchreckliche Schickſal auf uns, daß jedes Mädchen aus unſerm Hauſe drey Monate

nate vor ihrer Niederkunft völlig rasend
wird, und erst dann ihren Verstand wie=
der erhält, wenn sie entbunden ist. Sorg=
fältig hat mans bisher den künftigen
Schlachtopfern dieses Elends verhehlt. So=
gar denen, die schon einigemal diesen fürch=
terlichen Zustand überstanden hatten, sagte
man nichts von der Beschaffenheit ihrer
Krankheit, sondern gab sie für eine andere
aus, und sie konnten das glauben, weil sie
immer ohne Bewußtseyn waren. Dich, Ama=
lie, will ich warnen. Bleib ledig. Heu=
rathe nicht.

Wenn meine Bitte, liebes Lottchen,
nicht mehr Eindruck auf dich macht als die
meiner Großmutter auf mich, so wollte
ich, ich hätte geschwiegen. Ich gieng tief=
sinnig von meiner Großmutter weg, nach=
dem ich ihr heilig versprochen hatte, nicht
zu heurathen. Bis nach meiner Schwe=
ster Niederkunft, so lange ich sie also in
diesem Zustande vor mir sah, blieb mein
Entschluß fest. Bald nachher war er da=
hin. Die Liebe philosophirte mir alle auf=
steigende Schauder hinweg. Bald wähnte
ich, ich wäre eine Ausnahme von allen,
oder könnte es wenigstens seyn, bald kam

mir

mir meiner Großmutter Erzählung als er-
dichtet vor, um mich von der Heurath,
wogegen sie, als äußerst bigott immer
eingenommen war, abzuhalten. Ich glaubte gar nicht, daß ich Anlage zu einer solchen Verrückung haben könnte, da mein
Temperament leicht und flüchtig war. Mit
meinem Willen zu vergessen, verlohr sich
das Andenken an den schrecklichen Zustand
meiner Schwester, und ich gab meinem
Gatten die Hand.

Die traurigste Folge hat mich gelehrt, daß ich den Rath meiner Großmutter nicht hätte verachten sollen, und das
Allerempfindlichste bey meinem Leiden ist,
daß ich ein neues Schlachtopfer zur Welt
gebracht, das zum Elende gebohren ist,
und wie wir alle ihm nicht entgehen
wird.

Der Eindruck, den Amaliens Erzählung auf Lottchen machte, war fürchterlich. Sie wollte aber ihrer Schwester
keine Vorwürfe machen, so tief sie es auch
fühlte, wie unrecht sie an ihr gehandelt.

Du hast einen Dolch in mein Herz
gestoßen, Amalie, sagte sie, als sie allein
auf ihrem Zimmer war, der mich das Le-

ben

ben kosten wird. Du hast mir Liebe,
Freude, Glück geraubt.

Sie wurde von der Zeit an tiefsinniger als gewöhnlich. Ihre Blicke auf ihren Geliebten, die sonst Feuer gewesen waren, waren itzt Sehnsucht. Er vermißte nicht ihre süße Anhänglichkeit an ihm, aber das weit süßere Vertrauen, was ihm ehedem die kleinste Furcht des Kummers auf ihrer Stirne öffnete, war dahin.

Liebst du mich nicht mehr, Lottchen? frug er mit Thränen in den Augen.

L. O ich liebe dich unaussprechlich; nicht Zeit, nicht Macht, nicht Untreu kann mich von dir trennen. Aber so sehr ich dich liebe, kann ich nicht die Deinige, kann nie eines Mannes werden.

Herr v. L. (war äußerst bestürzt) Nicht die Meinige? und keines Mannes? Löse mir das Räthsel, oder du siehst mich zu deinen Füßen sterben.

L. Ich kann dieß nicht lösen. Genug, unglücklicher Jüngling, ich kann dich nicht glücklich machen, wenn du dein Glück in nichts anderem findest, als in meinem Besitz.

Herr

Herr v. L. In nichts anderem kann, und werde ich es finden. Und wer macht mir ihn streitig. Du liebst mich, keinen Neben= buhler habe ich, fürchte ich. Deine El= tern — o sie lieben mich, und ich will zu ihnen eilen, ihre Füsse umfassen. Gern, gern werden sie mich Sohn nennen. Er= flehen will ich dich wenigstens von ihnen in einem so heißen Gebet, dem der Ewi= ge nicht widerstehen könnte, und Menschen sollten ihm widerstehen?

Er rannte fort, vergebens rief ihm Lottchen nach, daß er bleiben sollte. Ih= re Thränen stürzten heftiger. Sie kannte die Liebe ihrer Eltern zu Karln. Ihr Un= glück war gewiß.

Herrn von L * Verbindung mit die= sem Hause war demselben wirklich zu schmei= chelhaft, als daß man einen Augenblick hätte anstehen sollen ihm eine günstige Ant= wort zu geben. Man wunderte sich nur, daß er so ängstlich dabey that, man bat ihn sich zu beruhigen, und als man sah, daß er dem allen ohngeachtet noch unru= hig blieb, drang man in ihm und erfuhr die ganze Lage, in welcher er mit Lottchen war. Der Vater sah die Mutter, und
die=

diese den Vater an. Sie muthmaßten was
geschehen wäre, und sagten dem Jünglinge
da Lottchen einen Hang zur Schwermuth
hätte, so wären das melankolische Grillen, die bald übergehen würden.

Karl kehrte zum Fräulein zurück,
warf sich ihr wieder zu Füßen, beschwor sie
ihm ihr Anliegen zu entdecken, und konnte nichts als Seufzen und Thränen von ihr
herauspressen. Er verließ sie halb in Ver-
zweifiung, die gewiß ganz sein Loos gewesen
wäre, wenn sie ihm nicht beym Abschiede
versprochen hätte, sich zu fassen, und den
andern Tag freundlicher gegen ihn zu seyn.

Kaum hatte er sie verlassen, so wartete ihrer ein anderer Sturm. Ihre Eltern kamen, zwar liebvoll, aber desto
schmerzlicher für sie. Man lockte der armen Geängsteten bald das Geheimniß ab,
was sie in ihrem Busen verschlossen hielt.
Man tröstete sie darüber, man versicherte
ihr, gerade bey ihr sey es eine Ausnahme
bey ihrer Mutter gewesen. Jedesmal, wenn
sie in den Umständen gewesen, habe sie diesen Zufall erdulden müssen, nur bey dem
leztenmal, bey ihr nicht. Lottchen wollte
nicht wagen, ihren Eltern zu widersprechen

chen, aber in ihrem Herzen glaubte sie
nichts. Man nahm den andern Tag den
Arzt zu Hilfe. Dieser betheuerte auf seine Ehre, daß ihre Mutter damals frey
geblieben. Lottchen glaubte wieder nicht,
aber sie wagte auch nicht zu widersprechen.

Karl kam, und sie empfieng ihn
freundlich, obwohl niedergeschlagen. Er
drang in sie, die Eltern drangen in sie,
ihre Liebe zu dem jungen Mann war groß,
ihr Herz weich. Ihn betrüben, ihre Eltern betrüben, das konnte sie nicht, sie
gab ihr Jawort, und ein Strom von Thränen begleitete es.

Lottchen war trotz ihrem weichen
Herzen fest in ihren Entschlüssungen. Du
hast dein Wort gegeben, sagte sie, als sie
allein war, und nun mußt du es halten.
Aber auch jeden Kummer von denen ab-
wenden, denen du ihn durch fernere Be-
trübniß machen würdest, ist deine Pflicht.
Also heiter, arme trübe Seele, so bald
du nicht in der Stille weinen kannst.

Amalie fiel in Ohnmacht, als sie
ihr ihren Entschluß bekannt machte. Sie
hatte viel Mühe sie wieder zurecht zu bringen. Ich bin an deinem Unglücke schuld,
sag-

sagte diese, als sie wieder zu sich kam.
Hätte ich dir alles verhehlt, du wärst jezt
glücklich.

Lottchen konnte auch die Schwester
nicht leiden sehen, und sagte, was sie
nicht glaubte, daß sie die glückliche Aus=
nahme unter allen ihren Geschwistern,
bei ihrer Mutter gewesen wäre, und es
auch wohl bey ihr so seyn würde.

Amalie ergrief die Gelegenheit, ihr
das so glaubwürdig als möglich zu machen,
und der Eifer, mit dem sie es that, zeig=
te zwar Lottchen, wie gut sie für sie dach=
te, aber er bestärkte sie in dem Zweifel, ob es
wahr wäre, den der Wunsch, daß es so
seyn möchte, schon einigermaßen verdrängt
hatte.

Der Hochzeittag nahte sich unter
abwechselnden Thränen, und verstellter
Freude der Braut, und Herr von L *
hielt sich für den glücklichsten Mann un=
ter Gottes Sonne. Auch schien es wirk=
lich, als wenn die zärtliche Liebe ihres Man=
nes Lottchens verlorne Heiterkeit wieder her=
stellte. Sie wurde munterer, schien zu
vergessen, und würde im Ernst vergessen
haben, wenn nicht Merkmale der Schwan=

gerschaft sie an jene Auftritte und an das,
was sie erwarten könnte zurückerinnert hätten. Sie suchte sich selbst allen Trost auf,
den sie sich nur zu geben vermogte, und
reich an schwärmerischen Grillen hätte sie
sich in eine mögliche Ausnahme hinein ge-
schwärmt, wenn nicht das Schicksal, das
gegen diese Unglückliche zu grausam eingenommen schien, aufs neue ihr ein Hinderniß in den Weg gelegt.

Die jugendliche Wärterinn der Frau
von L****d, die diese sehr zärtlich, und
als eine Pflegemutter geliebt hatte, war
im 10ten Jahre nicht ohne viel Widersez-
lichkeit von beiden Seiten von ihr getrennt
worden. Man hatte sie aber mit Gewalt entfernt, und von dieser Zeit hatten
sie sich nicht gesehen. Die Ursache davon
war, daß diese Frau Wärterinn bey Lottchens Mutter in jenen drey schrecklichen
Monaten gewesen, und daß man sich
fürchtete, sie möchte Lottchen etwas von
diesem Zustande entdecken. Man war aber
nicht vorsichtig genug gewesen, ihr zu sagen,
warum man sie verstieße.

Dieses Weib hörte von Lottchens
Vermählung, und wagte noch nicht ihr unter

ter die Augen zu treten, als sie aber von
ihrer Schwangerschaft hörte, bekam ihre
Liebe zu ihr so sehr die Oberhand über
alle Furcht, daß sie dem Triebe sie zu sehen und ihr ihre Hilfe anzubieten, nicht widerstehen konnte.

Frau von L * fiel ihr um den Hals,
da sie sie sahe, als ob sie ihre Mutter umarmte. Was willst du von mir, gutes
Weib? sagte sie. Bedarfst du Hilfe? Rede!

W. Nein, ihre besten Eltern haben
mich zwar verstoßen, aber versorgt. Ich
komme ihnen meine Dienste anzubieten.

L. Ja, liebes, bestes Weib. Ich
will dich zu mir nehmen, du sollst nicht
mehr getrennt werden von deinem Pfleg-
kinde, was dich als Mutter liebt.

W. Ich will ihre Kinder warten,
ich will Sie warten, wie ich sie als Kind
und wie ich ihre Mutter gewartet habe.
Gott weis, warum Ihre Mutter mich nicht
mehr liebt, und doch liebte ich sie so sehr.

L. Du hast meine Mutter gewartet
— doch wohl nur in ihrem Wochenbette.

M. Drey Monate vorher schon war
sie krank —

Die

Die Worte waren noch nicht ganz ausgesprochen, so lag Frau von L* schon ohnmächtig zu den Füssen der Wärterinn, die sogleich Lerm machte. Herr von L* war ausser sich. Aerzte und Verwandte wurden versammelt, und da die Mutter erschien, errieth sie bey Erblickung der Wärterinn das Ganze, schalt diese, und hieß sie, sich auf ewig aus Lottchens Augen entfernen.

Das unschuldige Weib verließ weinend das Haus. Lottchen kam wieder zu sich. Als ihre Mutter sie bedeutend ansah, druckte sie ihr zärtlich die Hand, und sagte nichts, als: Ach! warum haben sie mich hintergangen? von der Zeit an hörte sie auf nichts mehr, antwortete auf nichts mehr, was ihr von der Sache gesagt wurde. Sie verlachte Aerzte und Hofnungen. Der Entschluß, den sie nachher ausführte, keimte in ihrem Herzen, aber sie wollte ihn nicht übereilt thun.

Sie suchte ihre Wärterinn wieder auf. Sie tröstete sie über das Unrecht, was ihr geschehen war. Sie brachte sie durch Bitten und Uiberredungen, daß das ihren Zustand erleichtern, und sie vielleicht ganz dafür beschützen würde, dahin, daß sie ihr

die

die Krankheit ihrer Mutter auseinander-
sezte. Diese Beschreibung war wirklich
äusserst fürchterlich. Anfälle von grausa-
mer Wuth hatten mit den lächerlichsten
Abgeschmaktheiten gewechselt, und wenn irgend durch einen Zufall Fremde sich ihr
genähert, oder sie, welches sie oft versuch-
te, in Freyheit gekommen wäre, so wäre
sie ein Gegenstand des bittersten Geläch-
ters oder des unerträglichsten Mitleidens
geworden.

Hatten vorher Bilder von möglicher
Erleichterung ihre Seele erfüllt, so wurde sie jezt im Gegentheil voll von Ver-
schlimmerung des Uibels. Sie malte sich
das, was die Wärterinn ihr ohnedem durch
ihre konfusen Begriffe schwer genug ge-
bildet, noch weit fürchterlicher, sie stellte
sich alles vor, was sie beginnen könnte,
wenn ein unglücklicher Zufall sie in Freyheit sezte. Sie dachte sich das Gespötte
ihrer Bekannten, und besonders ihrer
Feinde darunter, wenn sie sie von ohngefähr überfallen sollten, wie Amalie ihre
ältere Schwester. Sie hatte auch von der
Wärterinn gehört, daß dieses Unglück hin
und wieder unter den Leuten bekannt wäre,

re, und sich immer weiter ausbreiten
würde.

Und sollst du, sagte sie zu sich selbst,
einem so gewissen grausamen Schicksale
dich entgegenstellen, da du die Macht hast,
ihm zu entgehen? Was ist ein Leben, von
dem du voraus siehst, daß es mit Schande verknüpft seyn wird? Was soll es,
daß du einem Kinde das Leben giebst, das
eben so unglücklich seyn wird, wie du,
das eben dem Schicksale entgegengeht?
Weg damit, denn auch der ist ein Feiger,
der einem gewissen Unglück zu entgehen
nicht Muth genug hat.

Von Tage zu Tage bestärkte sie sich
mehr in diesem Gedanken. Ihr innerer
Kummer, der den Verwandten von ihrer
Seite bekannt war, war es ihrem Manne noch nicht. Sie hatte ihm alles verborgen, und immer noch hatte die Liebe
zu ihm es so weit gebracht, daß sie heiterer wurde, so oft sie mit ihm zusammen
war. Jezt aber konnte sie auch das nicht
mehr. Ihr immer zunehmender Tiefsinn,
der bles Nachdenken und noch nicht die
geringste Spur von Wahnsinn zum Grunde hatte, ließ sie nicht mehr heiter seyn.

Er

Er schrieb auf die Umstände, in denen sie wäre, und so giengen noch einige Wochen hin.

Vier Monate war Frau L***** d nunmehr in den für sie so traurigen Umständen, und Kampf zwischen Liebe und Pflicht, denn in ihrem Sinn war der Selbstmord ihr zur letztern geworden, stritten immer noch, als ein neuer Zufall ihr Vorhaben bestärkte.

Eine unglückliche Kindermörderinn wurde vor ihrem Fenster vorbey zum Richtplaß geführt. Sie stand eben mit ihrem Gatten da, und da sie nicht wußten, daß der Zug unter ihren Fenstern weggienge, so überraschte sie das Schauspiel. Von L. bat seine Gattinn wegzugehen.

L. Nein, mein Lieber, ich will die Feige sehen, die nicht Muth genug hatte, sich dieser öffentlichen Brandmarkung ihres Namens zu entziehen. Ich will sehen, ob sie einem schimpflichen Tode so muthig entgegengeht, als ich einen ehrenvolleren wählen würde.

v. L. Glauben Sie denn nicht, daß es weit schändlicher für diese Unglückliche wäre, wenn sie den zweiten Mord an sich selbst begangen hätte?

L. Selbſtmord — Mord zu nennen!
Das geht über meine Begriffe. Mord heißt
Leben nehmen — aber wenn Schande Tod
iſt, der giebt ſich das Leben, wenn er ſich
die Schande nimmt. Und dieſe Unglückliche
hat vielleicht in einem Augenblicke des
Wahnſinns ihr Kind gemordet. Setzen Sie
nun, mein beſter, den Fall, daß der Wahn=
ſinn das gewiſſe Los eines Weibes wäre,
die ihren Mann zärtlich liebte — ſetzen
Sie, daß in dieſer Stunde die Raſerey
derſelben ſie gegen ihn, ſo wie dieſe Mut=
ter gegen ihr Kind, das eine Mutter im=
mer lieben ſoll, wüthen ließe — und ſetzen
Sie das alles, als gewiß — ſoll die Un=
glückliche nicht einem Leben entgehen, was
ſo ſchreklich für ſie werden kann?

v. L! Was ſetzen Sie für Fälle,
beſtes Lottchen, was machen ſie für Ver=
gleichungen? Wer weis gewiß, was ihm
in ſeinem Leben bevorſtehet?

L. Nicht viele Menſchen wiſſen das
— aber es giebt doch einige. Die Natur
hat zuweilen ſchreckliche Gewohnheiten, von
denen ſie nicht abgeht, und in denen ſie
immer ſchrecklicher werden kann. Vielleicht
erfordert ſie grauſame Aufopferung eines

eins

einzigen Schlachtopfers, um von der Grö=
ße ihrer Grausamkeit nachzulassen. O Gott!
es ist schrecklich, das denken, das sa=
gen zu müssen. Das fühlen, dessen ge=
wiß zu seyn, weit schrecklicher. Da steht
sie die Unglückliche am Abgrunde auf ei=
nem schroffen Felsen. Stürzen muß sie,
denn wohin sie sich wendet, sieht sie ihre
Lieben, die sie morden muß, wenn sie sich
retten will.

v. L. Bestes, liebes Weib! Wo=
her kommen dir diese Phantasien? Vertilge
sie aus deinem Herzen. Laß deinen sanften
Sinn doch nicht durch sie gestört werden!
Was helfen dir so schreckliche Vorstellungen.
Wie unglücklich ist das Weib, wenn mit
dem Zustande, in dem Du bist, so schwar=
ze Auftritte verbunden sind. Und wo ist
der Mann, der das ansehen kann, ohne
daß ihm sein Herz blutet! Lottchen! Lott=
chen! war das Ahndung, als du meine
Hand nicht wolltest, o so wollt ich, ich hät=
te ein Vorgefühl davon gehabt, dann hät=
te ich nicht mehr deine Hand begehrt, nur
dein Herz.

L. Das hättest du gewollt, o Karl!
Karl! Wie selig wären wir dann gewesen.
Ich

Ich bin elend, .glaube mirs, ich bin es
sehr. Ich bin unglücklich, aber nicht durch
dich, du bist unschuldig. Die mich un=
glücklich machten, o Gott! sie sind auch
meine Lieben, und sie werden schrecklich da=
für büssen. Aber ich vergebe ihnen, von
ganzem, ganzem Herzen vergebe ich ihnen.
Ich sollte einmal das Opfer seyn.

v. L. Du sollst es nicht seyn. Ge=
duld, bestes Weib, Geduld! Die Tage
deiner Unruhe werden verfliessen —

L. Werden sie? — Ja Karl, sie
werden verfliessen, aber nicht die du denkst,
die ich denke. Wir müssen uns trennen.
Wenn du dein Lottchen blos und kalt vor
dir liegen siehst, dann denke an das, was
du itzt sagtest: Sie werden verfliessen —
Die Tage der Trennung werden verfliessen,
und die Tage der Wiedervereinigung wer=
den kommen. Willst du mir etwas ver=
sprechen?

v. L. Alles Lottchen! alles — nur
laß diese fürchterlichen Vorstellungen fahren.

L. So versprich mir, daß du mich
nie schelten willst, daß du mir alles ver=
geben willst, was ich dir zuwider thue, daß
du

bu, wenn ich sterbe, nicht aufhören willst, mich zu lieben — nie mir fluchen —

v. L. Braucht das eines Versprechens — Nur diese Hand konnte mich glücklich machen, nur diese Seele auf die meinige wirken — und die sollte ich fluchen —

L. Wohl denn, du hast mich beruhigt — Es ist ein trauriges Loos nichts zu eines Menschen Glück beytragen zu können — und ich muß dein ganzes Unglück machen. Lieber Karl! ich möchte so gern meine Mutter, meine Schwester Amalie sprechen — Ich weis nicht, ich fühle so etwas Ungewöhnliches — Bring sie zu mir. Ich will sehen, ob ich indessen ein wenig ruhen kann — Führe sie zu mir.

v. L. Du willst es, Lottchen, und ich gehorche. Aber ungern verlasse ich dich — Ich zittere für dich —

L. Nicht doch — nicht doch — geh Lieber, geh —

Nicht ahndend, was ihm bevorstand, gieng Karl zur Mutter, und fand die Schwester bey ihr. Er erzählte. Die Mutter wurde blaß. Amalie sprang auf. Karl! rief

rief sie, sie haben gewiß 'einen fürchterli=
chen Auftrag erhalten. Eilen sie, oder wir
kommen zu spät.

Der Wagen flog fort, 'und in we=
nig Minuten waren sie bey Lottchen im
Zimmer. Sie saß lächelnd auf ihrem Bet=
te: Mir ist nicht wohl, sagte sie, und
doch bin ich ruhig. Setzt euch, meine
Theuern: Ich habe euch rufen lassen, um
von euch Abschied zu nehmen. Ich muß
fort von euch, ich fühle es, ich werde
die Welt verlassen.

Gott! sie hat Gift genommen, schrie
Amalia, Hülfe! Hülfe!

v. L. (stand sprachlos da) War es
Wahrheit, oder täuschte ihn ein irriger
Wahn. Sie nahm seine Hand. Lieber
Karl — Amalie hat mein Geheimniß ver=
rathen —

Alles gerieth in Aufruhr — alles
wollte nach Hülfe eilen.

Bleibt! sagte die Unglückliche. Alle
Hülfe ist zu spät. Ich habe so viel ge=
nommen, daß nichts mich retten kann.
Lieber Karl! Ich befreye dich von einer
schrecklichen Aussicht des Elends.

Nach=

Nachdem sie ihm alles erzählt, was wir bereits wissen, fuhr sie so fort:

Ich fühlte Karl, daß ich nicht bloß der Schande leben würde — sondern ich fühlte, ich würde eine weit schwerere Verbrecherinn werden, als ich jetzt bin. Der Gedanke an die Tochter, die ich zur Welt bringen würde, hatte mich im ersten Augenblicke des Wahnsinnes meinem Körper tausend Martern anthun lassen. Noch mehr, Karl, du weist, wie ich dich liebe. Aber du kennst mein Gefühl für Ehre. Ich fühlts — ich würde dich hassen, so bald ich mich so verworfen sähe — Blut war mein Gedanke, und mein Traum — und dein Blut, Karl, flöß gewiß, wenn ich lebte. Das war ich so fest überzeugt, daß ich zusammenschaudern mußte.

Und nun, Mutter, Schwester, Geliebter! was war besser? Daß die Unglückliche, die ohnedem sterben mußte, allein starb, oder daß sie noch einen mit sich nahm, und noch viele unglücklich machte? Jetzt leidet ihr das früher, kürzer, was ihr späterhin schaudervoller, schrecklicher gelitten haben würdet. Der Richter

ter oben richtet mich vor der Welt, Karl,
ist meine und deine Ehre gerettet. Kein
Spötter wird zu dir treten, und dich be=
deutend fragen: Was dein Weib macht?
Jeder wird dich bedauern in der Blühte
des Lebens eine Gattinn verloren zu ha=
ben, die du liebtest, jeder wird mich be=
dauern, daß ich den Armen eines so theu=
ern Mannes so früh entrissen bin. Nie=
mand wird wähnen, daß ich selbst es ge=
wesen, die sich von dir losgerissen.

Auch gestehe ich dir, mein Lieber,
es hat mich viel gekostet, und noch jetzt
ist es mein einziges Leiden Mutter und
Schwester! Ihr müßt mich nicht bedauern,
ihr müßt Tiegerherzen haben, wenn ihr
nicht froh wäret, daß ich mich so glücklich
über ein schreckbares Schicksal hinwegzu=
schwingen wußte.

Die Wallung, mit der sie sprach, mach=
te den Gift um so schneller wirksam. Sie
fühlte Schmerzen und konnte sie nicht mehr
verbergen. Karl schickte nach dem Arzt.
Er bat sie auf den Knien, Rettungsmittel
nicht auszuschlagen. Er hegte im Herzen
noch Hoffnung. Frau v. L. hatte zu gut
dafür gesorgt, daß sie ihren Endzweck nicht
ver=

verfehlen wollte; jeder andere Ausgang
als ihr Tod wäre ihr weit vorwurfsvoller
gewesen. Der Arzt kam, und gab sogleich
alle Hoffnung auf. Es war der nehmliche,
der sie hintergangen hatte.

Sagen sie mirs vor meinem Ende,
sprach sie zu ihm — sagen sie mirs, ob
sie mich belogen. Er konnte es nicht läug-
nen. Er that noch mehr, denn er war
weich, und fühlte, daß es schwer sey, so
zu sterben. Er wollte ihr das Schreckliche ihres Todes erleichtern. Ich habe, sagte er, für sie besonders gefürchtet. Ihr
Temperament, die Reizbarkeit ihrer Ner-
ven ließ mich Auftritte fürchten, die ich
gewiß noch nicht gehabt, und ich zweifle,
ob alle meine Aufmerksamkeit hinreichend
gewesen, sie vor Schimpf und Ausbruch
zu hüten.

Lottchen dankte ihm. Trösten sie meinen Karl, sagte sie, reden sie ihm zu, beweisen sie ihm, daß es so besser war — daß
er so glücklicher ist.

Wenn ich unglücklicher werden könnte, als ich bin, sagte Herr von L*, dann
hätten sie recht. Aber, Lottchen, mit ihrem Ich nehmen sie mir ja alles, was ich
ha-

habe. Nein! Sie sind doch grausam. Ich habe keine Freude mehr, und fühle, daß ich nicht Muth genug habe, ihnen zu folgen.

Gott! rief Lottchen aus, welch ein Gedanke! O das sollst du nicht — mir folgen. Bey Pflicht und Liebe, bey meinem Andenken, bey der Hoffnung, daß wir uns wieder sehen werden, beschwöre ich dich, daß du nie dieß unglückliche Herz durch einen solchen Entschluß noch unglücklicher machst. In der Ewigkeit würde ich dafür leiden, dort, wo ich so glücklich zu seyn hoffe, wenn ich einst dich wieder sehe.

Die Wirkung des Gifts wurde heftiger, und wenige Minuten machten dem Leben eines der liebenswürdigsten Geschöpfe ein Ende. Wer sollte nicht bey ihrer Asche weinen? — Wer will sie verdammen, daß sie sündigte, da so viele Leiden sie trieben?

Der menschenfreundliche Arzt, den ich darüber selbst gesprochen, sagte, daß ihr ein harbes Schicksal bevorgestanden hätte, und daß es auch wohl ein Weg

des

des Allgütigen seyn könnte, der zum Ende künftigen so furchtbaren Unglücks
führte.

Kaspar,

Kinder - und Selbstmörder aus Armut.

In einer kleinen Stadt in Thüringen
lebte ein armer Mann, der sich vom Holz-
hacken ernährte, und gerade so viel damit
verdiente, als er zu seinem Unterhalte nöthig hatte, und so viel noch davon er-
übrigte, daß er sich eine kleine Wirthschaft
einrichten konnte.

Sein Nachbar, ein wohlhabender
Taglöhner, dessen Eltern im Kriege ein
ziemliches Vermögen sich erworben, hatte unter vielen Kindern ein Mädchen
Rosine genannt, die schön wie ein Engel
war. Der Taglöhner, der erst nach der
Eltern Tode seines Vermögens Herr wurde, ließ sich das alles nicht stöhren, sondern lebte sein gewöhnliches Leben fort,
gab seinen Kindern keine bessere Erziehung

Biogr. III. Th.   g   als

BAYERISCHE
STAATS-
BIBLIOTHEK
MÜNCHEN

als vor dem, und behauptete, nicht ganz oh=
ne Grund, daß, wenn sein Vermögen in
eilf Theile, so viel hatte er Kinder, kä=
me, keins derselben die Lebensart, die er
durch bessere Erziehung ihnen angewöhnen
müsse, würde fortführen können.

Unter allen diesen eilf Kindern war
aber Rosine doch sein Liebling. Er putzte
sie immer etwas mehr heraus als ihre
Schwestern, und zuweilen stieg der Wunsch
in ihm auf, du wolltest, daß du nur das
eine Mädchen hättest, so könntest du mit
deinem Gelde gewiß eine recht vornehme
Parthie vor sie finden, und ihr Glück ma=
chen. Rosine verdiente auch wohl, daß
ihr Vater ihr gut war, denn sie hatte au=
ßerdem, daß sie sehr schön war, ein vor=
treffliches Herz. Auch hatte ihr Vater sich
vorgenommen, sie nicht zu verschleudern,
und legte zu dem Ende alle Jahr etwas
zurück, was für Rosinen allein gehörte.

Unser arme Holzhacker, der trotz
seiner Armuth ein hübscher Junge war,
war bey Rosinens Vater gar nicht übel
angeschrieben. Die Abende brachte er flei=
ßig bey ihm zu, und mußte ihm manche lu=
stige Geschichte erzählen, die die Kinder,

die

die um einen Tisch saßen, und Federn
schloßen, oder eine andere häusliche Arbeit verrichteten, nur gar zu gerne hörten. Kaspars, so hieß der Holzhacker, Gefälligkeit gieng so weit, daß er eine Geschichte oft dreymal wiederholte, und dieß
und seine herablaſſende Bemühung jedem
Wunsche zuvorzukommen, machten besonders Roſinens Aufmerkſamkeit auf ihn
rege. Wenn er zu trinken begehrte, war
ſie die erſte, die es ihm brachte, wenn er
weggieng, leuchtete ſie ihm bis an die
Thüre, und drückte ihm dann die Hand
ſo treuherzig, daß ihm ihre gewünſchte
gute Nacht gar nicht aus dem Sinne kam.
Großer Gott, dachte er, indem er ſich
niederlegte, wie glücklich wird der ſeyn,
teſſen Weib Roſine wird. Die Tage müſſen ihm Stunden werden, und ſein Leben
muß ein Paradies ſeyn — Wenn ſie doch
dein wäre, wagte ſeine Phantaſie hinzu-
zuſetzen, aber ein plötzlicher Schauder
durchbebte ihn auf einmal — Was iſt das,
ſprach er zu ſich ſelbſt. Warum erſchrickſt
du bey dieſem Vorſatz? Kann nicht Roſine dein ſeyn? Es iſt wahr, ihr Vater
iſt reicher als du, aber er iſt ein ehrlicher

Kerl,

Kerl, er wird, sie einem Armen nicht ver=
sagen, der sie glücklich machen kann.

Allein er mogte sich dieß vormalen,
wie er wollte, so blieb immer ein schauer=
licher Widerspruch dagegen in seiner See=
le, und dieser disponirte ihn dahin, daß
er den andern Tag kälter als gewöhnlich
war. Wie Rosine ihn begleitete, frug sie
ihn: was ihm fehlte, und er erzählte ihr
alles.

Ganz ohne Falsch, sagte sie ihm,
es könne wohl der böse Geist gewesen seyn,
der ihm dergleichen eingegeben. Wenn sie
auf die Gefahr nur mit ihm verbunden wäre,
so wollte sie ihm schon glückliche Tage ma=
chen. Sie gestehe es ihm, daß sie keinen
Menschen besser leiden könnte, als ihn,
und sie wollte sich nie einen bessern Mann
wünschen.

Kaspar schlich nach Hause; das war
ja wohl so gut als ein Jawort, sagte er.
Hm! was soll ich nun machen. Alle
Vorspieglungen des gestrigen Schauders
wichen vor der schönen Versicherung Ro=
sinens, ihn glücklich zu machen.

Er träumte schönere Träume, als
die vorige Nacht, und stand mit der Ge=
wiß=

wißheit auf, daß er diese Träume in
Wahrheit zu verwandeln sich bemühen
wollte.

Von ohngefähr traf er in eben dem
Hause, in dem er Holz hacken mußte, den
Taglöhner an. Er wollte die schöne Ge-
legenheit nicht vorbeylaſſen, ihm seine
Wünsche zu erkennen zu geben.

Hört mal Nachbar, sagte er, ihr
habt viel Mädchen. Ihr habt zwar auch
Vermögen, und es wird ihnen alſo nicht
an Männern fehlen, aber ob sie eben um
des Geldes willen, alle gute Männer
kriegen, das iſt doch immer eine große
Frage. Mich kennt ihr, ich bin nicht eigennützig, verlange auch nichts von euerm
Gelde. Aber eins von euern Mädchen
möchte ich zum Weibe haben. Ich bin
artig eingerichtet, und habe mein tägli-
ches Auskommen.

Bernd, der Taglöhner hatte ihm auf-
merkſam zugehört, ſetzte ſich jetzt auf den
Klotz, auf den jener hacken wollte, und ſagte: Sprecht weiter, Nachbar.

Das war Kaspern eine gute Vorbe-
deutung, und er fuhr fort: Unter euern
                                    Töch-

Töchtern ist eine, der ich gut bin, und die mich auch wieder leiden kann.

Bernd wurde jetzt unruhig, und frug ängstlich: Welche?

Rosine, antwortete Kaspar — Bernd stand unruhig auf — Ich habe euch lieb, Nachbar, sprach er, aber Rosinen kann ich euch nicht geben. Nennt eine andere.

Das geht nicht, sagte Kaspar. Da wäre ich wohl recht eigennützig, denn da nähme ich eure Tochter des Geldes wegen. Die andern lieb ich nicht —

So kann ich euer Schwiegervater nicht seyn, erwiederte Bernd, stand auf, und gieng.

Kaspar hackte sein Holz, und manche Thräne fiel dazwischen. Rosine soll also nicht dein seyn, seufzte er immerfort. Der Abend kam. Kaspar konnte nicht zum Nachbar gehen. So wie er den Gedanken dachte, standen ihm Thränen in den Augen. Weinend gieng er zu Bette.

Bey Bernd sah es nicht viel besser aus. Er war verdrießlich nach Hause gekommen, seine Kinder, besonders Rosine hatten seine Launen empfunden. Sie trösteten sich, Kaspar würde kommen, und

den

den Vater aufheitern. Kaspar kam nicht.
Rosine legte sich weinend zu Bette.

Kaspar kam den zweyten, dritten und
vierten Tag nicht, und Bernds Launen
wurden nicht besser. Der Sonntag kam.
Rosine gieng zum Tanz, wo sie wußte,
daß Kaspar hinkam. Er war auch da.
Wie er sie, und sie ihn erblickte, stan=
den Thränen in beyder Augen. Sie gien=
gen in einen abgelegenen Theil des Gar=
tens. Sie erzählten sich ihre Leiden.

Ich gehe fort von hier, sagte Ka=
spar. Ich verkaufe alles, und werde Sol=
dat. Thu das nicht, antwortete Rosine.
Ich will erst mit meinem Vater sprechen.

Sie thats am andern Morgen. —
Bernd wurde wüthend. Ich habe so viel
Liebe zu dir, sprach er. Ich will dich selbst
gern so glücklich wissen, und du willst dich
an einen Bettelkerl hängen.

Aber er hat mich lieb, sagte sie,
ich kann ohne i.n nicht leben.

Nun, so häng dich an ihn, aber von
mir hast du nichts mehr zu erwarten. Ich
gebe dir Pflichttheil, und du hast weiter
keine Ansprüche.

Er

gen, daß er sie zu Rosinens Ehre groß ziehen könnte.

Allein es war anders beschlossen. Kein Vierteljahr noch nach ihrem Tode, welches er kümmerlich durchlebte, war er so unglücklich, sich durch einen Fehlhieb an der linken Hand den Daumen wegzuhauen, und alle andere Finger zu lähmen. Sein Schrecken war unbeschreiblich. Er nahm ein Tuch, umwickelte die blutende Hand, und gieng zu Hause. Bist du denn zum Unglück gebohren? frug er sich unterwegens selbst. Was soll nun dein Schicksal seyn? Deiner wird sich kein Mensch erbarmen, denn du bist jedermann verhaßt. Die traurige Lage, in der du so unschuldig so viel Menschen versetzt, hat dich in so schwarze Finsterniß gehüllt, daß man dich für einen Bösewicht hält. Gott! du wirst verhungern, oder verzweifeln —

So trat er in die Stube. Beyde Kinder lagen in der Wiege, und schliefen sanft. Der Anblick regte seinen Mißmuth bis zum Wahnsinn. Sie schlafen so sanft — aber sie werden erwachen, und dann werden sie um Brod schreyen, und du hast keins für sie — Du mußt welches schaffen,

fen, sprach er wieder. Kannst du Un=
mensch genug seyn, die Würmer wimmern
zu hören — Er sah sich um, ob nichts zu
verkaufen da wäre. Da war auch nichts
seln, als die schlechten Küssen, worauf
die Kinder schliefen. Er selbst hatte
schon lange auf Stroh gelegen — Und
die sollte ich auch nehmen? — Nein,
den Schlaf will ich euch nicht entziehen,
der ist ja euer bester Theil — Ich müßte
euch dann vergehen lassen — verhungern
— oder erfrieren —

Was bleibt übrig — betteln, und
stehlen — Betteln! — kein Mensch giebt
mir etwas. Man weicht mir ja auf den
Strassen aus — Stehlen! — nein, am
Galgen kann ich nicht sterben —

Ha, rief er auf einmal aus — Bist
du es Rosine, du winkst mir. Ich verste=
he dich. Du willst die Kinder haben. Gu=
te, liebe Geschöpfe sinds — Aber du hast
recht, sie taugen nichts für diese Welt.
Ihr wißt nicht, lieben Kinder, was das
Leben ist, und welch Elend euch hier er=
wartet, wißt ihr auch nicht. Besser ihr
erfährt es nicht. So geht ihr zu dem
Vater, der euch besser versorgen kann,
als

als ich, geht zu einer Mutter, die schon bey ihm ist. Ich habe sie ja wahrhaftig oben gesehen — Noch einmal — Gleich, gleich Rosine.

Dieser Schwung seiner Einbildungskraft wirkte unaufhaltsam mächtig. Er wetzte ein Messer. So Kinderchen, sprach er, damit es euch nicht schmerzt, und schnitt beyden den Hals ab.

Ihr seyd ja recht sanft entschlafen, sagte er noch — und indem traf einer von Rosinens Brüdern herein. Er hatte von Kaspars Unglück gehört, und kam ihm zu sagen, daß das gerechte Strafe vom Himmel wäre, weil er an ihrer aller Elend Schuld sey. Wie er aber den Anblick sah, wandte sich doch sein Herz um, und er rief aus: Ach Kaspar, was hast du gethan? Rosinens schöne Kinder! — Sind Engel, lieber Bruder, vergieb mir, vergebt mir alle. Geh hin, und gieb meine That an. Sie kann doch nicht verborgen bleiben —

So sollen wir noch die Schande haben, dich auf dem Rabenstein zu sehen, rief der Bruder, und eilte vom schauervollen Auftritt weg.

Nein,

Nein, das sollt ihr nicht, dachte Kaspar, als er weg war. Er sezte sich, und schrieb folgendes:

„Gott hatte mich auf dieser Welt verlassen. Für mich war keine Freude mehr schon lange. Rosine rief meinen Kindern und mir. Ich will lieber in Gottes Hände fallen, als in der Men=schen. Begrabt meine Kinder ehrlich. Mit mir macht, was ihr wollt.

Kaspar."

Er erwartete den Zeitpunkt, bis sein Schwager mit den Gerichtsdienern er=schien, weil er auf keine Art und Weise diesem etwa Verdacht zuziehen wollte. Wie sie aber in die Thüre traten, stieß er sich das Messer ins Herz, und rief aus: Gott sey mir Sünder gnädig!

Er wurde ehrlich begraben, denn Rosinens Erscheinung wurde ihm als völ=liger Wahnsinn ausgelegt.

H———n,
Selbſtmörder aus Schwermuth.

Herr H———n war aus einem guten
bürgerlichen Hauſe, und genoß eine Erziehung, der nicht das Geringſte vorzuwerfen war. Sein Vater war thätiger,
arbeitſamer Mann, ſeine Mutter ganz das
was dieſer Name in ſich faßt, und beyde
waren gutmüthig. Die Letztere aber hatte
in ihrem Weſen etwas ſchwermüthiges,
deſſen Grund nicht bekannt geworden, das
aber ſchon beym erſten Reifen des jungen
H———ns bey ihm ſich ebenfalls zu entdecken ſchien. Die Eltern ſahen es beyde
ungern, und wandten alles an, den Keim
zu einem ſo finſtere Ausſichten gewähren-
den Temperament zu erſticken. Zerſtreu-
ungen jeder Art, vernünftige Lehrer, eigene Vorſtellungen des Vaters, die Men-
ſchenkenntniß zum Grunde hatten, und die
ihn lehrten, daß kein Schickſal in der
Welt ſo herbe ſey, das nicht menſchliche
Standhaftigkeit zu ertragen fähig wäre,
Bemühungen von Seiten ſeiner Mutter ihren eigenen Hang zur Schwermuth ihm zu
ver-

verbergen, alles wurde angewandt, um
ihn der Hyäne zu entreiſſen, die ſo viel
Menſchen, wenn ſie ſie auch nicht hinweg=
raft, doch für die menſchliche Geſellſchaft
unthätig, und zu einer Laſt der Erden
macht.

Der jung H—n hatte kaum ein rei=
feres Nachdenken erlangt, ſo ſah er ein,
wohin alles dieſes zielte. Er konnte es
ſeinen Eltern nicht genug Dank wiſſen,
daß ſie ihre Liebe zu ihm ſo unbegränzt
darlegten, und fühlte ganz, was er ihnen
dafür ſchuldig ſey, und in jeder frohen
Stunde, die ſie ihm dadurch bereiteten,
daß ſie ihn von einer ſchwermüthigen Lau=
ne zurückbrachten, dankte er dem Himmel,
ihm ſo ſorgfältige Eltern gegeben zu haben.

Aber ſo viel vermochte alles das
nicht über ihn, daß er ſich ganz von ſei=
ner Schwermuth losreiſſen können. Er
verfiel bey jedem kleinen Hinderniſſe, das
ſich einem Plane, den er ſich gemacht, in
den Weg legte, erſt in Nachdenken, dann
in Tiefſinn, und das Reſultat ſeines Nach=
denkens, war dann allemal, daß er dazu
beſtimmt ſey, zu ſcheitern mit jedem Zwe=
cke, den er ſich zum Ziel gemacht. Nicht

Nur=

Murren war die Folge dieses Resultats, wohl aber Eckel daran, den Hindernissen entgegen zu arbeiten, oder neue Pläne zu machen.

Er hatte nur eine Schwester, die er unaussprechlich liebte, die um drey Jahre jünger als er war, und die ganz das Gegentheil von ihm, ganz lebhaftes unbefangenes Geschöpf war. Schon in seinem vierzehnten Jahre stieg der Gedanke oft in ihm auf, warum der Himmel eben dieses Mädchen zu seiner Schwester bestimmt, da er, wenn sie das nicht wäre, alle seine Kräfte anstrengen würde, ihrer einst als Gattinn würdig zu werden, da er durch sie eine unversiegende Quelle des Trostes für sein Temperament haben würde. Wirklich war sie es, die mit einem Blick ihn eher aus der tiefsten Schwermuth brachte, als es das Zureden aller seiner Freunde und Bekannten konnte.

Im fünfzehnten Jahre war die Bahn seiner bisherigen noch leidlichen Ruhe gebrochen. Sein Vater starb. Nie war er Mann reich gewesen, nie aber hatte es ihm am gehörigen Auskommen gefehlt, nie hatte man gewußt, daß er Schulden hätte.

Kaum

Kaum war er todt, so kamen Gläubiger, von denen Mutter, Sohn und Tochter nichts wußten, und versiegelten alles. Die Mutter glaubte nicht ohne Grund, daß Betrug bey diesen Forderungen obwalte, allein da sie nichts beweisen konnte, so mußte sie alles hergeben, und die Familie war so gut als am Bettelstab. Die arme Frau grämte sich, und folgte ihrem Manne.

Dem jungen H—n waren diese traurigen Wochen fürchterlich. Eine Falte des tiefsten Gefühls zog auf seine Stirne, die sich nie wieder davon verlohr. Er war der Verzweiflung schon damals nahe, die Thränen seiner Schwester thaten ihr Einhalt, und ihr Lächeln der Zufriedenheit, als er nur halb beruhigt war, schien wirklich Wonne über ihn zu verbreiten.

Du bist meine einzige Hoffnung Bruder, sagte sie zu ihm. Wenn du verzweifeln willst, so muß ich untergehen. Du allein kannst mich erhalten, mich unterstützen. Du hast schon viel gelernt, sagte unser seliger Vater so oft. Thue ich einst meine Augen zu, so bin ich um deinetwillen nicht vor meine Familie besorgt.

Biog. III. Th.   h   Der

Der junge H——n rafte sich auf einmal zusammen. Gehe es mir, wie es wolle, sagte er, ich will für dich Sorge tragen. Ich will Unterricht geben, ich will abschreiben, und es muß gehen.

Indem so H—n dachte, wie er das am besten einrichten wollte, trat der Sohn des Kammerraths L* ins Zimmer. Er war der beste Freund des jungen H——n, der täglich Gespiele der Freuden gewesen, die er und seine Schwester sich machten. Aber sein Vater war eben derjenige, der das Haus gestürzt, und die größte Forderung daran gehabt. Sie sahen sich nachdem zum erstenmal, und daher war der Empfang etwas kalt. Der junge L* fiel aber beyden zu Füssen. Um Gottes willen, sagte er, laßt mich es nicht entgelten, was mein Vater that. So wie ich hier vor euch liege, so habe ich zu seinen Füssen gelegen und gebeten, er sollte eurer schonen. Er hat mich nicht gehört, was kann ich dafür?

Er hatte kaum ausgesprochen, so wurde er liebreich aufgehoben, und umarmt. Wie konnten zwey so gute Seelen eine Ungerechtigkeit erwiedern.

Aber,

Aber, ſagte der junge H—n, ſage mir nur um Himmels willen, wozu mein Vater das Geld von dem deinigen genom= men? Ich habe keinen Begriff von der Anwendung deſſelben —

L*. Das weis ich nicht. Aber ſo viel iſt gewiß, dein Vater hat oft bey ſeinem Leben Geld zu uns gebracht. Nie hab ich ihn welches wegtragen ſehen. Die Ver= wickelung iſt mir unbegreiflich, und nur nach meines Vaters Tode kann ich dir hierinn Erläuterung geben. Gott! wäre ich Herr, gleich ſolltet ihr alles wieder haben.

Der junge H—n theilte ſeinem Freun= de jetzt ſeine Pläne mit. Nein, ſagte die= ſer, ich habe einen andern, und mein Va= ter hat eingeſtimmt. Mein Vater läßt dich ſtudiren, und nimmt deine Schweſter zu ſich.

H—n. Nimmermehr! Nein, Freund, das kannſt du nicht verlangen, daß wir von dem Wohlthat und Mitleid annehmen ſoll= ten, dem wir den Tod unſrer Mutter zu danken haben.

L*. Nicht Wohlthat, nicht Mitleid. Pflicht! und die deinige iſts, das anzu=

neh=

nehmen. Er will dir nichts schenken. Er will ein Kostgeld für deine Schwester bestimmen, und wenn du nach dreyjährigen Studiren dein Brod selbst erwerben kannst, sollst du ihm alles abbezahlen.

H—n. So bin ichs zufrieden, aber meine Schwester bey ihm im Hause?

Ich will, was du willst, Bruder, sagte sie, die ihr Schicksal nicht voraussah, und in dem Bruder bey seinem Fleiße nach drey Jahren einen Mann erwartete, der mehr als das verdienen könnte.

Der junge L* schloß die ganze Unterhandlung, und H—n bekam den alten Kammerrath gar nicht zu sehen. Das Kostgeld für die Schwester wurde sehr mäßig bestimmt, weil sie zugleich versprechen mußte, die Wirthschaft zu führen.

Ehe H—n abreisete, war sie schon dort. Er sprach sie noch einmal, und sie konnte ihm das artige, sanftmüthige Betragen des Kammerraths nicht genug rühmen. Er hatte ihr das ganze Haus übergeben, alles stand unter ihr. Er freuete sich, und reiste beruhigter nach G.

Hier war nun Fleiß das große Triebrad seines Seyns. Er wandte alles
an,

an, es so weit zu bringen, wie es noch niemand vor ihn gebracht. Er wurde der Liebling der Lehrer, und seine schwermüthigen Grillen konnten bey immerwährender Beschäftigung und dem Mangel an Sorgen, nicht die Oberhand gewinnen.

Er hatte von dem ihm in den drey Jahren bestimmten Gelde so viel erspart, daß er das vierte Jahr noch studieren konnte. Er wunderte sich nicht wenig, als nach dem Ende des dritten Jahres sein Wechsel aufs neue ankam. Er schickte ihn dem Kammerrath zurück, schrieb ihm, daß sie auf nicht mehr einig geworden, und daß es nun an ihn die Reihe sey, Geld zu schicken, welches er auch, so bald er es im Stande wäre, thun würde.

Zugleich schrieb er folgendes an seine Schwester:

Liebe Schwester!

„Das Geld vom Kammerrath ist mir wie ein Donnerschlag gewesen. Ich muß vermuthen, daß der Grund, warum ich es erhalten, in dir liegt. Ich habe nie menschenfeindlich gedacht. Allein die Beleidigungen von Seiten des Kammerraths sind von der Art gewesen, daß ich

ich nicht wünschte, daß Wohlthaten sie
verlöschten.

"Ausserdem, liebe Schwester, glau=
be ich nicht einmal, daß der Mann, der
einmal so ohne alles Gefühl unbarm=
herzig handeln konnte, wahre Empfin=
dung von Mitleid und Theilnehmung ha=
ben kann. Ich fürchte, es liegt hinter
dieser Scheinheiligkeit eine neue Bosheit
verborgen. Um deswegen werde ich ei=
len, so viel ich kann in eine Lage zu
kommen, deinen und meinen Wohlthä=
ter und Verderber wieder bezahlen zu
können. Dich will ich nur warnen, hü=
te dich für seinen Schmeicheleien. Es
ahndet mir, daß er dich ins Verderben
führen will."

H — n.

Er bekam hierauf keine Antwort von
seiner Schwester. Der junge L * aber schrieb
ihm folgendes:

"So edel, mein theuerster Freund,
dein Vorsatz ist, so schön ich es finde,
daß du beharrlich bey unserer ersten Ver=
abredung bleiben willst, so hätte ich doch
gewünscht, daß du meinem Vater das

Geld

Geld nicht zurückgesandt hätteſt, ohne
mich darüber zu Rathe zu ziehen. Du
haſt ihn dadurch gekränkt. Dies Gefühl von einem harten Mann iſt immer
das Zeichen einer verbeſſerten Seele.
Er läßt dir durch mich ſagen, er habe
gern das Unrecht, was er deiner Mutter gethan, wieder gut machen wollen.
Da du dies nicht annehmen wollteſt,
ſo überließ er es dir, wenn und wie
du ihm die ausgelegten Gelder vergü-
ten wollteſt, und ſpräche dich von aller Verbindlichkeit frey.“

„In dem Briefe an deine Schweſter, mein Lieber, thuſt du ihm ſehr unrecht. Er wird ſie gewiß nicht ins Verderben führen. Ich hoffe zum Glück.
Guter, beſter H — n, ich liebe deine
Schweſter, und mein ganzes Beſtreben
iſt, mich ihrer Hand würdig zu machen.
Ich glaube nicht, daß mein Vater dawider ſeyn wird. Auch ſie ſcheint mir
geneigt zu ſeyn. Deine Einwilligung, und
ich bin der glücklichſte. Dann werden
wir nur eine Familie ausmachen, und
dadurch wird das Unrecht von ſelbſt wieder gut, was Euch geſchehen iſt. Gieb
mir

mir die Hand deiner Schwester, und
unser Band wird das engste seyn, was
Freundschaft je knüpfte. "

L.*

So schön die Aussichten waren, die
der Sohn des Kammerraths malte, so
brachten sie keinen Trost in H — ns See=
le. Ihm ahndete ganz etwas anders, und
er getraute sich kaum, seinem Freunde zu
antworten, daß er gerne in sein Glück
willigte. Daß das Schicksal dem etwas
in den Weg legen würde, stand mit Rie=
sengröße für seiner Seele, und erfüllte ei=
nen stärkern Trieb, als jemals, sich von
der Schuld bey dem Kammerrath loszu=
machen.

Einer seiner Lehrer war ihm beson=
ders gewogen, er hatte sich diesem schon
in manchen Stücken anvertrauet, und er
säumte nicht es auch jetzt zu thun. Er
schüttete die ganze Last seines Kummers
vor ihm aus, malte ihm seine Unzufrieden=
heit, so lange er der Schuldner seines
Feindes seyn müßte, und brachte so viel
edle Gründe in dem Andenken an seine ver=
ehrungswerthen Eltern, in der Liebe zu
sei=

seiner Schwester, in der Schilderung des
Karakters des Kammerraths vor, daß der
Lehrer sah, es wär edle, gute Absicht.

Wenn es ihnen, sagte er, blos um
eine Versorgung zu thun ist, so habe ich
eine für sie. Aller Anfang ist schwer. Sie
wirft so viel ab, daß sie völlig leben kön=
nen, und Oekonomie und Fleiß können es
auch dahin bringen, daß sie etwas ersparen
können.

Freude glänzte in des H — ns Au=
gen. Er warf sich seinem Lehrer zu Füs=
sen. Dank, tausend Dank, theurer, edler
treflicher Mann! Geben sie mir diese Stel=
le. Mein Fleiß soll unübertrefbar, mei=
ne Sparsamkeit nachahmenswerth seyn.

Seyn sie nicht voreilig, sagte der
Lehrer. Ich glaubte an ihnen viel Ver=
liebe für ihr Vaterland bemerkt zu haben.
Noch mehr, Sie sind ein Freund sanfter
schöner Gegenden. Die Stimmung ihres
Herzens hängt gewissermaßen davon ab, und
ich sah sie in unseren öden Gegenden oft
mit Furchen auf der Stirne, die sich ver=
loren, wenn sie entzückt an die Gegenden
ihres Vaterlands dachten, und sie sich zu=
rücklesen. Der Ort, wohin sie kommen
sol=

sollen, ist entfernt. Er hat traurige Ge=
genden. Das tobende grillenschwangre,
fürchterliche Meer ist der Nachbar dessel=
ben. Ihr Herz und Auftritte desselben möch=
ten nicht stimmen.

Aber es wird eine Zeit kommen, wo
ich wiederkehren werde, sagte der Jüng=
ling, und die Jahre dort werden durch
Arbeit und den Gedanken der Erfüllung
meines Zwecks sich verkürzen.

So bin ichs zufrieden, erwiederte ihm
der Lehrer, und in wenig Wochen, war
H—n an dem Orte seiner Bestimmung.
Er wurde Lehrer an einer öffentlichen Schu=
le. Er schrieb an seinen Freund, und schick=
te den Rest seines ersparten Geldes dem
Kammerrath auf Abschlag zurück.

Seiner Schwester konnte er nicht
schreiben. Daß sie ihm nicht geantwortet
hatte ihn ganz von ihr losgerissen. So heftig
seine Liebe zu ihr gewesen war, so war jezt
jeder Gedanke an ihr ein Dolchstich für ihn.
Er haßte sie nicht, aber es schmerzte ihn,
daß sie ihn vernachläßigte, und so oft er
die Feder in die Hand nahm, um an sie
zu schreiben, flüsterte es ihm aus dem Her=
zen zu? Sie ist nicht mehr, was sie war;

dann

dann konnte er nicht warm und innig schreiben, und kalt und gleichgültig schreiben
wollte er nicht.

Aber das Bild getrennter Geschwister-
liebe verfolgte ihn auf der ganzen Reise,
und machte ihn schon da mißmuthig. Eine obschon kurze, doch sehr beschwerliche
Seereise, wirkte auf seinen Gesundheits-
zustand und halb hypochondrisch kam er
schon in R + an. Man fand in ihn den
Mann von ausgebreiteten Kenntnissen, aber
nicht den geselligen Mann, und man bedauerte das, denn man hatte den reifen
Grundsaz, daß Geselligkeit mit zur Erzie-
hungsgabe erfordert werde.

Hätte H — n nicht die beschwerliche Seereise gemacht, wäre es mit seiner
Schwester einig geblieben, so würde er in
allen den Menschen, die mit ihm umzu-
gehen, und ihn gesellig zu machen suchten,
Freunde und wahre Menschen angetroffen
haben. So aber hatte er schon widrige
Ideen gegen die Menschheit gefaßt, und
da man ihm es merken ließ, man wünschte, er möchte um sein selbst und anderer
willen gefälliger werden, so suchte er hierinn einen Vorsatz, ihn zu untergraben,

und

und von seinem Studieren abzulenken, um
einen weniger furchtbaren Mitkollegen an
ihm zu haben.

Dies bewog ihn, sich, anstatt sich
auszubreiten, immer mehr und mehr einzuschränken, und die Einsamkeit trug zu
Vermehrung seiner Grillen bey. Auch in
Ansehung seines Fleißes fand er hier nicht
die Hilfsmittel, die er in G. gehabt hatte,
und er sah, daß er mit seinen Kenntnißen
stehen bleiben mußte. Theurung und
Nothwendigkeit verschiedener kostspieligen
Ausgaben ließen ihn auch in Ansehung der
Ersparniß keinen Fortgang hoffen. Jeder
seiner Zwecke war also verfehlt, und seine
Gedanken verloren sich in dem Chaos der
Unmöglichkeit sich herauszureissen. Wollte
er einmal sich durch die Schönheit der Natur schadlos halten, so bot diese ihm nichts
als öde Gegenstände dar, die er gegen die
Schönheiten seines Vaterlandes für Wü-
steneyen hielt. Was auch wirklich noch
schön war, kam ihm nicht so vor, weil
er von jenen Vorstellungen erfüllt war.
Die stürmende See brachte Schrecken in
seine Seele, und die ruhige vermogte jene
Vorstellungen nicht zu verlöschen. Kurz
er

er war unglücklich, wo er gieng und stund, und alle Untersuchungen seines Zustandes und der beste Wille ihn zu bessern, wirkten nichts.

Du mußt hier weg, sagte er öft, du mußt von dem Orte, der dich zur Verzweiflung bringen wird. Fort! Fort! in die Thäler deines Vaterlands, wo die Natur bey Salz und Brod dir doch Heiterkeit in deine Seele giessen wird.

Der Gedanke konnte ihn noch zuweilen erheben, allein auch nicht länger, als bis er die See erblickte. Und dem fürchterlichen Elemente, sagte er dann mußt du dich wieder anvertrauen? Nimmermehr, nimmermehr kann das geschehen. Ich fühls, ich fühle die Ahndung davon, daß es mich verschlingen wird. Ich mag mit diesem verrätherischen Elemente nichts zu thun haben.

Er überlegte hernach, was ihm die Reise zu Lande kosten würde, und ein Strahl der Wonne kam wieder in seine Seele, da er fand, daß, so beschwerlich und kostbar sie wäre, er sie doch durchsetzen könnte. Er war im Begriff seinen Dienst niederzulegen, und zu seinem lieben Lehrer zurück.

rückzukehren, als er von seinem Freunde
dem Sohne des Kammerraths folgenden
Brief erhielt:

Theurer H—n!

" Wir sind betrogen, schändlich hin=
tergangen. Du hast recht gehabt. O
Gott! daß ichs von meinem Namen sa=
gen muß: Er ist ein schlechter Mann.
Ich liebte deine Schwester so unaussprech=
lich — Seeligkeit wärs mir gewesen, sie
mein Weib zu nennen, und sie ist —
seine Hure. Wenn du dieses liesest, so
verbanne sie auf ewig aus deinem Her=
zen, und aus deinem Gedanken. Sie
ist nicht werth, deine Schwester zu seyn.
Meine Augen haben mich davon über=
zeugt. Ich will bey keinen Vater blei=
ben, der so handelt. Ich reise morgen
nach Holland, und von da nach Indi=
en. Ich mag nichts von seiner Liebe
wissen, denn er liebte mich nie. Ich
will nichts von einem Vermögen, das
Betrug zusammenscharrte, denn es wür=
de mir unter meinen Händen verschwin=
den. Ich nehme mit dem Bilde deiner
Schwester alles mit, was mir theuer
war, aber mit dem Andenken an
sie

ſie, Haß gegen das ganze weibliche Geſchlecht. Wenn du dort glücklich biſt, ſo
bekümmere dich nicht um dein Vaterland,
denn es hat ſchlechte Bewohner. Lebe
wohl auf ewig. "

L *

Mit dieſem Briefe waren alſo alle
Hofnungen, alle Ausſichten des jungen
H—n verſcheucht. Er war losgeriſſen von
allen Freuden, von ſeiner Schweſter, von
ſeinem Freunde. Er fühlte, Schwermuth
würde ihn bald untüchtig zu ſeinem Amte
machen, und was blieb ihm dann übrig.
Jene Anlage zur Schwermuth nahm alſo
volle Uiberhand. In einem drückenden
Anfall derſelben, machte er den Verſuch ſich
zu erhängen. Er hieng wirklich ſchon, als
man dazu kam, und ihn rettete.

Hierbey iſt der Umſtand nicht zu ver-
geſſen, daß er in das Haus eines Geiſt-
lichen gezogen war, der zu nichts weniger
taugte, als einen ſchwermüthigen Mann auf-
zuheitern. Welcher Mann kann wider
ſeine Fehler ſo ſtreiten, daß ſie zu Tugenden werden! Er konnte es nicht gut vertragen, wenn jemand neben ihn glänzte

und

und des jungen H—ns Kenntniſſe wurden
allgemein bewundert.

Er war es ſelbſt, der ihn rettete, und
bey dieſer Rettung hielt er ihm eine der-
be Strafpredigt. Das war der Weg wohl
nicht, ihn umzulenken. H—n mußte noch
denſelben Tag Stunden geben. Seine Zög-
linge bemerkten ſeine Beſtürzung. Er hatte den Hals, wo der Strick ſtark einge-
ſchnitten, verbunden, und gab Zahnſchmer-
zen vor. Sein Auge aber war wild, und
ſeine Schüler baten ihn ſelbſt, ſeiner Ge-
ſundheit zu ſchonen, weil er krank ſeyn
müße. Er ſagte ihnen nichts, aber er
ſchloß ſeine Stunde mit Thränen in den
Augen.

Da ſeine Schwermuth den höchſten
Grad erreicht, ſo wiederholte er ſeinen
Verſuch in der folgenden Nacht, und er
glückte ihm. Am Morgen wurde Lerm darüber. Der Geiſtliche mußte viel verdiente
Vorwürfe ertragen. Die grauſame Gewohnheit war noch an dem Orte, daß man
ſolche Unglückliche für unehrlich hielt. Er
wurde alſo hinausgeſchlept, am Richtorte
begraben, und ſonderbar wars, daß ſeine
beſten Sachen weg waren, wovon man
auch keine Spur entdeckte.

Ruhe sey mit seiner Asche an un=
heiliger Stätte.

Gott kann sie heiligen.

_____

Drey auf einmal, der vierte war klüger.

Ich habe mein Leben satt, ließ sich in
Liefland einer der Gäste in einem Wein=
hause aus, und wenn ich nur nicht allein
zu gehen brauchte, ich gienge.

Niemand antwortete ihm, und er
verließ die Materie, und mengte sich in
andere Gespräche. Die Gesellschaft ver=
minderte sich und gieng nach und nach aus=
einander.

Zwey davon waren geblieben. Wie
der lezte ohne sie fort war, sagten sie zu
dem Lebensmüden: Mein Herr! war das
ihr Ernst, daß sie aus der Welt gehen
wollen.

Allerdings, meine Herren, erwieder=
te er — Ausserdem, daß ich nie eine Un=
wahrheit sage, pflege ich auch ein gegebe=
nes Wort nie zurückzunehmen.

Biogr. III. Th.   i   Wohl,

Wohl, sagten jene. Sie haben Ge=
sellschaft, und wir gehen mit ihnen.

Warum das? meine Herren, ich
pflege nichts ohne zureichenden Grund zu
thun, noch vielweniger andere in etwas zu
bestärken, was keinen zureichenden Grund
hat.

Wir haben Schulden, die uns drü=
cken, können sie nicht bezahlen, haben kei=
ne einzige Aussicht ehrlich in der Welt
durchzukommen, weil wir zu keinen Spiz=
büberehen unsre Zuflucht nehmen wollen.
Die Leute, die bey unserem Tode zu kurz
kommen, haben so viel schon rauhlich an
uns gewonnen.

Ich habe, sagte der eine, in Spaa
einmal das Glück gehabt, eine grosse Bank
zu sprengen. Gauner nahmen mich gleich
in Beschlag — spielten mit mir Tete a
Tete. Ich verlor in kurzem alles, und
ansehnliche Summen auf Wechsel. Die
kann ich nicht bezahlen.

Ich, sagte der andere, war in Kriegs=
diensten, hatte mich tapfer gehalten, und
ein anderer trug den Lohn davon. Ich
hatte mir Hofnung zum Avanzement, und
darauf schon Schulden gemacht. Wie ich
am

am Ziele zu ſeyn glaubte, wurde mir ein
junger Baron, der noch kein Pulver gero-
chen, vorgezogen. Ich quittirte, ohne zu
wiſſen, wovon zu leben. Nachher fiel mir
erſt ein. Ich lebte wie ich konnte; bin
viel ſchuldig, hätte Credit genug, um noch
mehr ſchuldig zu werden, allein, ich weis,
ich kann nie bezahlen. Alſo will ich lieber
aus der Welt gehen, als noch mehrere an-
führen.

Meſieurs, ſagte der erſte Anfänger,
ich muß ſie und ihren Entſchluß bewundern. Könnte ich Ihnen helfen, ſo wollte ich ihnen ſelbſt die ſchöne That auszureden ſuchen, aber ſo habe ich gerade noch
ſo viel, als zu einem recht artigen Schmau-
ſe gehört, den geb ich ihnen, und in der
letzten Bouteille Wein, nehmen wir die
Unſterblichkeit zu uns.

Bravo, riefen alle, das iſt herrlich.

Der Tag wurde verabredet, feſtgeſezt.
Der Unternehmer beſorgte ſein Abendeſſe,
und ließ auftragen, was nur gutes zu haben war. Weine aller Art waren nicht
geſpart, und eine Flaſche wurde tüchtig
mit Arſenik gewürzt, und zurückgeſezt.

Mit-

Mittlerwelle, daß diese Veranstaltun-
gen getroffen wurden, stießen die beyden
schuldenreichen Kompetenten des Todes auf
einen Jüngling, der durch eine fehlgeschla-
gene Liebe halb schwermüthig geworden.
Sie trafen ihn in einem Hause der Freude,
in dem sie der Wolluſt ihren lezten Zoll
brachten. Er hatte ſich auch dahin bege-
ben, um ſich für verſchmähte Zärtlichkeit
ſchadlos zu halten. Aber er fand Eckel
ſtatt froher Stunden, die er ſuchte. Wie
ſie ſich mit ihm in ein Geſpräch einließen,
fanden ſie ihn nicht ungeſchickt, und nicht
angeneigt, den vierten Mann in ihrem Zirkel abzugeben. Sie brauchten, in dem Zuſtande, in dem er war, nicht gar zu viel
Ulberredungsgründe. Sie betäubten ihn,
er ſagte ihnen die Parthie zu, und gieng
auch gleich mit ihnen.

Man ſezte ſich bey der Ankunft gleich
zur Tafel. Der Unternehmer des Ganzen
war äußerſt aufgeräumt, und artig. Er
fieng an eine ſehr lange Rede über ſeinen
Entſchluß dies Leben zu verlaſſen, zu halten.

Ich

„ Ich bin, sagte er unter andern,
„ durch so viel verschiedene Lebensarten
„ durchgegangen, daß ich nicht glaube,
„ daß noch eine übrig ist. Ich habe in
„ allen erfahren, daß der Mensch ein elen-
„ des leidendes Geschöpf ist, daß er für
„ seine eigne Glückseligkeit auf keine an-
„ dere Art etwas beyzutragen vermag, als
„ dadurch, daß er andere glücklich macht.
„ Dies kann der eine auf die eine, der
„ andere auf eine andere Art. Ich für
„ meine Person konnte dies auf keine an-
„ dere Art, als durch mein Vermögen.

„ Ich habe hierin gethan, was in
„ meinen Kräften stand. Wer mir ziem-
„ lich wahrscheinlich bewies, eine Summe
„ könne sein Glück machen, dem gab ich
„ sie. Natürlich schmolzen meine Gelder
„ dadurch zusammen. Ich bin fertig, und
„ sehe nun keine Möglichkeit mehr einem
„ anderen zu dienen. Mich selbst
„ könnte ich allenfalls mit Arbeit durch
„ die Welt bringen, aber ausser dem, daß
„ mich das entsetzlich geniren würde, so
„ glaube ich gar nicht, daß der Mensch um
„ seiner selbst willen da ist.

Der

Der letzte Kandidat fiel hier dem ältesten in die Rede.

Gerade das, mein Herr, ist der Punkt, den ich ihnen widerstreiten muß. Wäre der Mensch um anderer Menschen willen in der Welt, wie sie zu sagen belieben, und durch ihr Leben wirklich dargethan haben, so müße ich allerdings noch in der Welt bleiben. Weil ich aber glaube, daß der Mensch nur für sich in der Welt lebt, und ich nur für mich gelebt habe, und für mich keine Freude mehr am Leben finde, so gehe ich.

Darum, mein Freund, erwiederte der erste, sind die Gedanken der Menschen verschieden, und jeder handelt nach dem seinigen. Darum muß kein einziger Proselyten machen wollen. Sie sterben nach ihrem System, ich nach dem meinigen.

Es wurde hierauf noch viel von der Nichtigkeit des Lebens gesprochen; es wurden alte und neue Geschichten hervorgesucht, die den Selbstmord vertheidigten, wobey der neue Kandidat mehrentheils still und nachdenkend blieb. Wenn zuweilen etwas von Gründen aufs Tapet kam, was die Nutzbarkeit des Lebens für andere Menschen

zum

zum Gegenstande hatte, so widersprach er allemal, und behauptete, man sey nicht gebunden, für andere da zu seyn, ja er wurde einigemal verdrüßlich, wenn ihm die Philosophie des Wirths zu stark und wirksam schien.

Man hatte sich ziemlich benebelt, man hatte tausenderley Dummes und Kluges durcheinander gesprochen, man war an die vorletzte Flasche gekommen, und auf ein glückliches Wiedersehn wurde diese von allen mit Standhaftigkeit und keinem wenigstens merklichen Wanken ausgetrunken.

Jezt hatte der Wirth die letzte. In dieser meine Herren, sprach er, ruhet Unsterblichkeit, der wir bald theilhaftig seyn werden. Dies ist die schöne Panaze, die dem Leidenden sein Leid, dem Kranken seine Schmerzen vergessen machen kann. Sie erinnert uns daran, daß wir frey sind, ist dem Sklaven Freyheit, dem Armen Gold, dem Unruhigen Ruhe, dem Unglücklichen Glück.

Er theilte die Flasche in vier gleiche Theile ein, ergrief hierauf sein Glas und sagte:

Ich

Ich gehe ruhig und gern. Ich hatte vom Himmel Reichthum empfangen, um diese seine Gabe zu vertheilen. Das that ich nach besten Wissen und Gewissen. Ich wurde in diese Welt gesezt, um unter den Menschen für sie zu leben. Ich thats. Ich kann nun nicht mehr für sie leben. Ich nehme meinen Abschied. Ich wähne, ich bin für einen andern Erdball bestimmt. Ich gedenke des morgenden Tages, denke es könne irgend ein Unglücklicher, die zu mir zu kommen gewohnt sind, bey mir erscheinen, und mich um Hilfe ansprechen, und ich würde verzweifeln, wenn ich sie ihm nicht geben könnte. So hoffe ich morgen in einer Sphäre zu seyn, wo ich wieder wohlthun kann.

Er leerte hierauf sein Glas bis auf den lezten Tropfen.

Jezt ergriffen die beyden andern ihre Gläser. Wir haben all diese Philosophie nicht nöthig, sagten sie. Wir sehen morgen der nehmlichen Menge von Mahnenden entgegen, die uns heute früh bestürmten; und die wir nur mit Mühe von unsern Zimmern brachten. Wir wüßten also nicht, was uns abhalten sollte, uns

die-

diesem Uebel zu entziehen. Wir glauben an Prädestination, und unsere Bestimmung wars, hier auf dieser Stelle unserm Leben ein Ende zu machen. Beyde leerten das Glas ohne Schaudern.

Jetzt war die Reihe an den vierten Kandidaten. Er hatte das Glas in der Hand, und sahe durch dasselbe ins Licht. Dann setzte er es nieder.

Sie haben mir die Ehre erwiesen, meine Herren, fieng er an, mich in ihre Gesellschaft zu ziehen, und ich danke ihnen davor. Sie haben mich mit dem Tode durch ihre Unterhaltungen bekannter gemacht, als ich vormals mit ihm war. Ich wünschte mir ihn seit einiger Zeit aus Ueberdruß des Lebens. Ich sah jetzt ein, daß das ein thörichter Wunsch von mir war. Ich hätte mir nicht den Tod, ich hätte mir Standhaftigkeit zum Tode wünschen sollen. Mein Wunsch ist erhört, ich habe von ihnen allen diese seltene Kunst gelernt. Die Gründe, meine Herren, aus denen sie diese Welt verlassen, vermag ich nicht zu tadeln, denn jeder kann nur Richter über sich selbst seyn. Aus denselben Gründen verlasse ich aber die Welt nicht. Ich habe

Geld

Geld genug, um Gutes zu thun. Schul=
dig bin ich keinem Menschen einen rothen
Heller. Ich muß also diesen Trank, den
sie Unsterblichkeit zu nennen belieben, und
der so schön goldgelb in diesem Pokal
scheint, aus andern Ursachen nehmen.
Des Herrn Philosophie dort hatte mich
ein wenig irre gemacht, und in der That
verdiente sie wohl, daß ich mich in mei=
nen Verhältnissen gegen dieselbe ein wenig
damit beschäftigte. Ich hinterlasse ein gro=
ßes Vermögen, und zwey Brüder, die
sehr liederlich sind, nicht allein mit Schmer=
zen auf mein Absterben hoffen, sondern
sich auch schon vorgenommen haben, mei=
nen Reichthum tapfer durch die Gurgel
zu jagen.

Jetzt fieng das Gift schon bey den
dreyen zu wirken — Einer der Schulden=
reichen bat ihn mit verzerrtem Gesichte sei=
ner Rede ein Ende zu machen, weil es
ihm sonst schmerzhaft fallen würde, allein
nach ihrem Tode übrig zu seyn, und zu
leiden.

Ich habe nur noch wenig Worte
übrig, meine Herren, fuhr er fort. Ich
habe außerdem, was ich ihnen schon zu
sa=

sagen die Ehre hatte, noch niemals einen Sterbenden gesehen. Sie verhelfen mir jetzt auch hierzu. Ich muß ihnen aber sagen, daß die Vorbereitungen zu ihrem Tode mir gar nicht gefallen. Wenn ich nur mich unter einem solchen Anblicke denke, wie ich sie jetzt sehe, so schaudre ich davor. Ich finde, daß ich ein Thor war, mich auf etwas einzulassen, womit ich noch nicht bekannt war. Ich finde, daß ich mich so schlecht in ihre Gesellschaft schicke, daß ich sie um Verzeihung bitten muß, daß ich mich zum vierten Mann anheischig machte. Ich wünsche ihnen die glücklichste beste Reise von der Welt, und daß sie dort alle so plazirt werden mögen, wie es ihr eigener Wunsch ist.

Er stand auf, und empfahl sich —

Aber, riefen die beyden, die ihn mitgenommen, ihm zu, haben sie nicht bey einem Hundsfott versprochen, mitzugehen —

Wenns der Mühe verlohnte, mich noch mit ihnen zu schlagen, meine Herren, erwiederte er, so sollte das geschehen, aber in ihren Umständen kann ich ihnen keine Revange geben.

Sie

Sie versuchten beyde noch aufzusteshen, und ihm nachzugehen, aber vergebens.

So verließ ich sie, sprach er zu mir, und setzte nur hinzu, der dritte, der dem Tode schon näher gewesen, als die beyden, habe durch Nicken seinen Beyfall zu erkennen gegeben.

* * *

Man darf keinesweges an der Wahrheit dieser Geschichte zweifeln. Sie hat sich wirklich zugetragen, und wenn sie schon einen Anstrich vom Komischen hat, so ist sie von einer andern Seite betrachtet, traurig genug.

Wehe dem Menschen, mit dem es so weit kömmt, daß er gegen das Leben gleichgültig wird. Das ist ein gewisser Beweis, daß er sich nie um den Werth desselben bekümmert hat. Gar nicht von der Zukunft, sondern nur vom Gegenwärtigen zu reden, heißt es allerdings seine Würde sich selbst geraubt, wenn man glaubt, man sey eine Nul in der Schöpfung, da man das edelste Geschöpf derselben ist, wenn

man

man so gelebt hat, daß sich kein Mensch
mehr um einen bekümmert.

Auch der erste, der Philosoph, der
so gut gewirthschaftet zu haben, und mit
vielem Rechte zu sterben glaubte, war gewiß äußerst bedauernswürdig. Ein gutes
Herz hat er verschleubert, und das was
mehr, als die Glücksgüter, die ihm der
Himmel zufallen lassen. Konnte er nicht
eben durch dieses gute Herz andere auf den
Weg bringen, Gutes zu thun. Wußte er,
wie weit sein Bestimmungskreis sich aus-
dehnte.

Der junge Mensch, der sich vom Un-
tergange gerettet, hatte vorher sehr leicht-
sinnig über alle Dinge gedacht. Dieser
Zufall machte ihn aufmerksam. Er sagte,
es stünden ihm bey jeder Handlung die ver-
zerrten Gesichter vor Augen, und er hätte
sich seit der Zeit noch nicht entschließen
können, etwas zu thun, wovon er auch
nur den kleinsten inneren Vorwurf gefühlt! Dieß gehe so weit, daß er sich
lieber in Gesellschaften lächerlich mache,
als verschiedenen Ausschweifungen Gehör
gäbe.

Und

Und wenn wirklich, meinte er, Todte
aus Gräbern aufgestanden wären, und
ihm geprediget hätten, so hätte das nicht
die Wirkung thun können, die der An=
blick der drey Sterbenden gemacht. Er
sey nachher oft an Sterbebetten gewesen,
und habe Menschen an Krankheiten ster=
ben sehen, aber das sey ein sanfter Tod
gewesen. Er finde es äußerst abgeschmackt,
daß der Mensch sich der Vorbereitung zum
Tode, die die Natur in ihm hervorbrin=
ge, und ihn demselben dadurch erträglicher
mache, entziehen wolle.

Haupt=

Hauptmann S⁂

Selbſtmörder aus Gefühl ihm geſchehenen Unrechts.

Unter einer monarchiſchen Regierung, deren Zepter ſchon oft das ſchöne Geſchlecht in Händen hatte, kömmt das Leben eines Selbſtmörders vor, deſſen Handlung wohl einzig in der Welt iſt. Wenigſtens wüßte ich mich keiner ähnlichen zu entſinnen, die unter den Umſtänden dieſelbe geweſen.

Hauptmann S⁂, ſo wollen wir den Mann nennen, der uns den Stoff zu dieſer Geſchichte gab, hatte lange brav und redlich gedient, als ſein Vater, der auf einem ſehr ſchönen Gute lebte, ſtarb. Hauptmann S⁂ war mit ſeinem Vater wegen ihrer verſchiedenen Denkungsarten nicht ganz einig geweſen. Ein Großer des Hofes, der nahe bey dieſem Gute ſeine Beſitzungen hatte, fand, daß ihm dieſes Gut gelegen war, und hatte lange mit dem Vater des Hauptmanns in Unterhandlung geſtanden, um es zu kaufen. Bey ſeinem Leben hatte es der Alte nicht abgetreten, aber kurz vor ſeinem Tode ſchloß er noch

den

den Handel, und verkaufte es dem Gra=
fen, so wie es stand und lag für eine an=
sehnliche Summe. Er setzte seinem Soh=
ne einen Bevollmächtigten, der das Geld
in Empfang nehmen mußte, und von allem
diesem erfuhr der Sohn ehe nichts, als
bey der Nachricht von dem Absterben sei=
nes Vaters, da er denn befragt wurde, ob
er das Geld an den Ort seines Aufenthalts
haben, oder selbst kommen wollte, es in
Empfang zu nehmen.

Der Hauptmann erschrack über diese
erhaltenen Nachrichten nicht wenig, schrieb
dem Bevollmächtigten, daß er nicht Geld,
sondern sein Gut, welches ein Familien=
gut sey, haben wolle, daß er es auf der
Stelle reklamiren möchte, und suchte zu=
gleich um seinen Abschied an.

Der Bevollmächtigte war eine Krea=
tur des Großen, und also war es natür=
lich, daß dieser den Brief sogleich zu lesen
bekam. Er wurde auf der Stelle kaßirt,
das Gut nicht reklamirt, und der Ab=
schied dem Hauptmann so schwer gemacht,
daß ein Jahr und sechs Wochen verliefen,
ehe er ausgefertigt wurde.

Wie

Wie ihn der Hauptmann endlich bekam, rief er aus: Gottlob! nun soll die Chikane bald ein Ende haben. Wie erschrack er aber, als er bey seiner Zurückkunft sein Gut noch nicht reklamirt fand. Er stellte den Bevollmächtigten zur Rede, der mit der dreistesten Frechheit ihm ins Gesicht behauptete, in seinem Briefe habe nichts von Reklamiren gestanden, und ohne im geringsten verlegen zu werden, hinzu setzte, er würde den Brief aufsuchen, und ihn thätlich davon überzeugen.

War ich denn damals blind oder verrückt, sagte der Hauptmann, der nicht gewohnt war, irgend jemanden Lügen zu strafen, als ich schrieb. Ich wollte meine Seligkeit verschwören, daß ichs geschrieben hätte. Thut aber nichts. Mein Gut soll mir wohl werden.

Der Bevollmächtigte, der von dem Großen gestimmt war, suchte alles hervor, ihn zu bewegen, daß er doch lieber die ansehnliche Geldsumme, vor welche er das schönste Gut kaufen könnte, annehmen möchte, aber vergebens.

Nein, erwiederte der Hauptmann, ich will auf dem Gute meiner Väter leben und sterben. Es war der einzige Wunsch meines Lebens, der einzige Trost in allen Bekümmernissen, die mich trafen, ich habe mir ein Paradies darinn gedacht, und habe geglaubt, nun zu dessen Besitz zu kommen. Und mir sollte das einer nehmen, der der Güter, der Besitzungen für sich genug hat. Nimmermehr! und sollte ich alles daran wenden, und hätte ich auch nicht meine einzige selige Hoffnung auf den Besitz dieses Guts gesetzt, so wäre es Pflicht, diesen Hyänen einmal zu zeigen, daß sie nicht alles verschlingen können, was ihnen ansteht. Kann der reiche Mann des Armen einziges Schäfchen nicht verschonen?

Dieß alles erfuhr der Große aufs schnellste wieder, und als der Hauptmann zu ihm kam, um seinen Vortrag zu machen, war er schon auf alles vorbereitet. Dieser fand alle Zimmer seines Landhauses so verwandelt, daß er es kaum mehr kannte, und seufzte darüber.

Ich will ihnen keine Vorwürfe machen, sagte er zum neuen Besitzer. Sie wünsch=

wünschten, und wandten alles an, ihre Wünsche zu befriedigen; allein ich glaube, sie werden auch der Billigkeit Gehör geben. Mein Wunsch war immer hier zu leben und zu sterben. Meine einzige Freude war die Aussicht auf hieher. Die Zurückerinnerung an glückliche Kinderjahre sollte mit den Freuden des gesetzten Alters hier abwechseln. Ich kenne kein Glück als dieses, ich habe keinen Zweck als diesen. Ein glückliches Jahr hier als in meinem Eigentum verlebt, wiegt mir ein Menschenalter voll Zerstreuungen auf. Meiner Väter Feld zu bauen, und mich davon zu nähren, das ist eine Aussicht, um die mich Könige beneiden könnten, wenn sie wüßten, wie so ganz glücklich sie mich machte. Ich habe mir bey jedem Baum neue Süßigkeiten geträumt. Jedes Grasplätzchen erinnert mich an irgend eine glückliche Stunde, und in der Veränderung, die mir alles hier gewähren wird, steckt mein Himmel. Den werden sie mir nicht rauben. Ich habe die nächsten Rechte an diesem Glück.

Ich bedaure es, sagte der Große, daß ich die Wirkungen einer so glücklichen

Ein-

Einbildungskraft habe, stören müssen —
hätte ich das alles gewußt, so hätte ich
es nicht gethan — Es ist jetzt zu spät.
Wenn sie auch im Besitze wären, sie würden wenig mehr vom Alten finden. Sie
sehen, ich habe alles hier geändert, und
so ists auch mit den Ländereyen gegangen.
Sie würden wenig Bäume mehr auf ihrem Flecke, wenig Grasplätzchen mehr
als Wiese finden. Jeder hat so seinen Ge-
schmack.

Sehr traurig, daß dieser ihr Ge-
schmack gerade mein Familiengut getroffen, daß sie zerreißen mußten, was Jahr-
hunderte baueten. Was sie von meiner
Seligkeit zerstört haben, das will ich ihnen vergeben, denn sie wußten nichts von
meiner Anhänglichkeit. Laßen sie meine
Sorge seyn, das wieder in die alte Lage
zu bringen. Aber von nun an halten sie
ein. Ich zahle ihnen alles, was sie ver-
bessert haben wollen, und fordre mein
Familiengut nach aller Form Rechtens
zurück.

„Zu spät, mein Schatz — Zu spät,
mein Herzensfreund. „

Zu

Zu spät? Wenn ist es zu spät, Unrecht wieder gut zu machen? Wenn zu spät Billigkeit zu üben? Wenn zu spät den Unglücklichen glücklich zu machen?

„Deklamiren sie nicht so viel, Bester! Es hilft ja nichts.‟

Nichts helfen soll es, wenn der Unterdrückte seine Stimme erhebt? Herr! sie sind nicht allein Mensch, sie sind fast immer Richter. Wenn sie taub seyn wollen, Gott bewahre, wo sollen wir denn Gerechtigkeit hernehmen? Hören sie mich, lassen sie den Weg der Güte sich lenken. Recht muß mir doch werden, denn ich biete Himmel und Erde dafür auf.

„Und Himmel und Erde werden ihnen nicht Recht geben können. Ihr Recht ist verjährt —‟

Freylich! So seyd ihr. — bey euch kann wohl auch Menschlichkeit verjähren — Herr! sie haben falsch gerechnet. Mein Archiv soll ihnen beweisen, daß sie Unrecht haben. Bey unsern Familienverträgen findet keine Verjährung Statt. Führen sie mich ins Archiv.

„Das

„Das ist eins meiner Staatszimmer geworden. Ihre Papiere sind aber zusammen aufgehoben."

Er führte den Hauptmann dahin, wo er schon alles durchgesehen hatte, und der Hauptmann fand nicht, was er suchte. Ja, sagte er, hier hat man Papiere unterschlagen —

Nicht noch einmal eine solche Beschuldigung, erwiederte der Große, oder sie werden mein Gefangener seyn. Das ist alles, was ich fand —

Der Hauptmann besann sich etwas — Wohl, sagte er, es wäre das genug, wenn ichs mit billigen Leuten zu thun hätte, aber wo sie am Ruder sind, da kann ich nichts erwarten.

Kalt und fühllos bat ihn der Große, alle Beleidigungen wegzulassen.

Der Hauptmann frug noch einmal bittend und rührend, ob er nichts von seiner Nachsicht zu erwarten habe?

Nach meinen gemachten Veränderungen, war die Antwort, ist ihr Gut mir jetzt so lieb, als es ihnen ehedem war. Also urtheilen sie selbst, was ich thun kann.

Der

Der Hauptmann nahm jetzt still seinen Abschied und seine Papiere, die einzigen Ueberbleibsel seines herrlichen Gutes mit sich. Das ist alles, was ich gerettet habe, sprach er zu seinem Bevollmächtigten. Allein es fehlen mir noch wichtige Papiere.

Das muß wohl seyn, erwiederte dieser —

„Ja, ich weis mich zu entsinnen—"

So — Wußten sie vielleicht, wo sie wären. Der Minister hat mich oft darnach gefragt, denn er meynte auch, es müßte das Wichtigste fehlen, und er hätte sie gern gehabt —

„Hätte er sie gern gehabt? das glaub ich, ich hätte sie auch gern —"

Bey diesen Worten packte der Hauptmann die Schriften zusammen, und bat den Bevollmächtigten, sich inskünftige zu hütten, zweyen Herren zugleich zu dienen, denn ohne seine Beyhülfe könne der Minister ja unmöglich wissen, daß das Wichtigste fehle. Wenigstens danke er ihm, daß er sich versprochen, und ihm die Augen geöffnet.

Der

Der Hauptmann reiste nun zur
Hauptstadt, und machte da den Prozeß
gegen den Minister anhängig. Jedermann
versprach ihm schlecht Glück. Er verlang=
te eine Audienz bey der Monarchinn, die
er auch erhielt. Sie empfieng ihn sehr
gnädig, erinnerte sich seiner Dienste, wünsch=
te, daß er sie fortgesetzt haben möchte,
und versprach, was seinen Prozeß betrd=
fe, die strengste Gerechtigkeit anzubefehlen.

Mehr wollte der Hauptmann nicht.
Der Prozeß wurde anhängig, und von
beyden Seiten hitzig geführt. Aber des
Klägers Beweise reichten nicht hin. Die
versäumte Rückforderungszeit schlug ihn
nieder, und das erste Urtheil fiel schlecht
aus. Er sah, er hatte andere Dokumen=
te nöthig, er wußte, wo sie waren, und
konnte ihrer nicht habhaft werden. Der
Bevollmächtigte hatte jenen Brief, der ihn
hätte retten können, abgeschworen.

Er verlangte, man solle ihn ins
Archiv des Schloßes lassen, um zu un=
tersuchen, ob seine fehlende Dokumente nicht
irgendwo verborgen wären. Dagegen pro=
testirte der Minister, und behauptete, er
sey nicht berechtiget, den Eingang in eines
an=

andern Eigenthum zu fordern. Wüßte er
verborgene Oerter, so könne er sie angeben,
und man wolle suchen. Aber das wollte
der Hauptmann eben nicht, denn er wußte
zu gut, daß man sie in einem solchen
Falle vernichten würde.

Er sann also auf einen andern Aus-
weg. Er hatte noch einen einzigen Bu-
senfreund, der von Jugend auf bey ihm
gewesen war, und sich nun von ohngefähr
wieder zu ihm fand. Da ihn niemand
mehr kannte, so instruirte er ihn, was er
zu thun und zu lassen habe, gab ihm Nachricht von dem verborgenen Schrank, und
ließ ihn, als Haushofmeister Dienste beym
Minister suchen.

Der Minister nahm ihn an, so wie
er aber gewohnt war, seine Leute im An-
fange genau zu beobachten, so bemerkte
er, daß dieser Mensch das Archivzimmer
mehr als die übrigen besuchte, und sich
immer darinn zu schaffen machte. Er
schöpfte Verdacht, und ließ ihn beobachten.

Die Zeit wurde gut genug gewählt.
Der Minister war verreiset, als der Haushofmeister sein Tempo ersah, und die Do-

ku-

kumente glücklich erwischte. Aber er hat,
te nicht gesehen, daß ein Kind des Mi,
nisters auf ihn Acht hatte, welches den
Vorfall der Mutter erzählte, die laut der
Ordre, die sie hatte gleich einen Kourier
abfertigte. Indessen hatte jener, ehe der
Minister ankam, schon eine Abschrift da,
von genommen. Kaum war dieser aber
auch im Hause, als ihm die Originale
abgenommen, und er sogleich schimpflich
fortgeschickt. Er konnte dem Hauptmann
nur die Abschriften geben, aber auch diese
waren ihm angenehm, und wie hätte er
auch glauben können, daß sie ihm zu nichts
helfen würden.

Zu spät bemerkte der Minister, daß
wirklich Abschriften gemacht waren, und
jetzt nahm er sich vor, ehe er aufs Aeu,
ßerste gienge, noch einen Weg zu wählen,
wodurch er vielleicht die Sache beylegen,
wo nicht, sich doch wenigstens bey seiner
ungerechten Sache für allen üblen Folgen
sicher seyn könnte.

Er gieng nämlich zur Monarchinn
selbst, stellte ihr seine Sache, als höchst
rechtmäßig vor, sagte, er könne mit Eh,
ren nicht zurückgehen, zeigte aber für des
Haupt,

Hauptmanns Lage, obwohl sein Eigen=
ſinn daran Schuld war, ſo viel Theilneh=
mung, daß ſie ihn nur bat zu ſagen, was
ſie für ihn thun könnte.

Er verlangte nichts weniger, als ein
Regiment für den Hauptmann, und daß
die Monarchinn es ihm ſelbſt möchte an=
bieten laſſen, wenn er vom Prozeß abſte=
hen ſollte.

Dieß geſchah. Der Hauptmann
wunderte ſich, und verlangte wieder Au=
dienz. Er fiel ihr zu Füſſen, und bat ſie
keine Verſuchung weiter auf ihn zu rich=
ten, um ihn zur Verläugnung ſeines Rechts
zu verleiten. Er ſey bereit ſeinen Kopf zu
verlieren, wenn er nicht Recht habe. Er
habe es mit einem wichtigen Manne zu
thun, aber er hoffe, die Monarchinn
werde ohne Anſehen der Perſon gerecht
ſeyn. Die ihm angebotene Gnade ſey ihm
theuer, allein verkaufen könnte er das Blut
und die Denkungsart ſeiner Väter nicht.
Sie möchte dem Rechtshandel ſeinen Lauf
laſſen.

Sie hieß ihn aufzuſtehen. Sie ver=
ſichrte ihm, ſie habe nichts weniger wil=
lens, als ſein Recht zu kränken. Er ſolle
es

es ausführen, und solle aber bedenken,
daß, wenn er verlöre, sein Starrkopf
ihn zugleich um ihre Gnade brächte. Sie
wollte noch einmal auf die strengste Gerechtigkeit dringen.

Der Hauptmann dankte, gieng, und
der Prozeß nahm heftiger als vorher seinen Fortgang, der Gutsbesitzer mußte
aufs äußerste gehen. Er läugnete, daß je
solche Dokumente gefunden worden, erklärte die Abschriften als neugeschmiedete Dinge, und konnte leicht den einzigen Zeu-
gen des Hauptmanns den Haushofmeister
ungültig machen, da er ihm Privathaß
Schuld gab. Er behauptete, der verborgene Schrank sey ihm schon bekannt gewesen, und die Dokumente, die man her-
ausgenommen, beträfen seine eigene Güter.

Kurz, der Hauptmann verlohr durch
alle Instanzen, und es war nun unmöglich, daß er je in Besitz seines Eigen-
thums kommen konnte.

Nein, rief er aus, es giebt auf Erden keine Gerechtigkeit mehr, denn Monarchen nehmen sich der Sachen selbst nicht
an, sondern überlassen sie Bösewichtern,
Das Schwerd in Schurkenhänden trift,
                                    was –

was ihm im Wege ist. Aber mir bleibt noch eine Instanz, und an die will ich appelliren.

Er suchte noch eine Audienz bey der Monarchinn. Sie wurde ihm oft abgeschlagen. Aber er wurde immer ungestümmer. Endlich sagte die Monarchinn zum Minister. Was will der Mann? hatte er denn Unrecht? — „Das hatte er, aber vielleicht will er Gnade" — So soll er kommen.

Der Hauptmann freute sich kindisch. Der Tag erschien. Er trat ins Audienzzimmer.

Was will er von mir, sprach die Monarchinn. Er hat seinen Prozeß verloren.

Ja, Ihro Majestät, erwiederte er. Vor Ihnen, und vor der ganzen Welt. Aber ich habe unschuldig gelitten, und mir bleibt noch eine Instanz. Ich muß an diese appelliren, weil sie ihren Richtern zu viel Gewalt lassen. Ich gehe voran, und zittire sie dahin, um meine Sache zu entscheiden.

Bey diesen Worten zog er ein verborgenes Terzerol, schoß sich vor den
Kopf,

Kopf, und fiel todt zu der Monarchinn
Füssen.

Bey Gott! rief sie aus, mit dem
Manne muß man nicht redlich umgegan=
gen seyn.

Wilhelm Miuton,

Selbstmörder aus Behaglichkeit.

Der Mann, dessen sonderbare Entschlos=
senheit hier erzählet wird, lebte in Ir=
land. Es kann seyn, daß seine Geschich=
te unter andern Rubriken bekannt, und
auf andere Art erzählt worden ist, allein
dieses soll nach dem authentisch scheinenden
Berichte eines meiner Bekannten der wah=
re Vorfall seyn.

Wilhelm Miuton hatte von seinem
Vater ein ziemlich großes Vermögen ge=
erbt. Dieser hatte ihn besonders gelehrt,
dem Nächsten wohlthun, sey die erste
Pflicht der Menschheit. Seine Denkungs=
art war, man müsse keinem eine Wohlthat
abschlagen, wenn man nicht überzeugt wä=
re, er verdiene sie nicht.

Sei=

Seine zweyte Tugend war Gaſtfrey⸗
heit. Jeder Freund war ihm willkommen,
mit jedem theilte er ſeinen Biſſen, und ſein
Wahlſpruch war: Der Menſch lebe nicht,
der nicht fähig ſey, andern ihr Leben zu
verſüßen, und zu ihrem Glücke beyzutra⸗
gen. Wer das wahre Gefühl der Menſch⸗
heit hätte, und nicht im Stande wäre, die⸗
ſe Tugenden auszuüben, der müſſe aus der
Welt gehen.

Unter dieſen immerwährenden Pre⸗
digten war Miuton auferzogen. Aber mit
denen ihm beygebrachten Grundſätzen wa⸗
ren die Klugheitsregeln nicht verbunden ge⸗
weſen, die der Vater doch ſelbſt in ſeinem
Wirkungskreiſe in Ausübung brachte, und
das war der Grund von dem, was Miu⸗
ton, nachdem er eine Reihe von Jahren
als eigener Herr gelebt hatte, wahrnahm.

In dieſen Jahren ſtand ſeine nicht
unanſehnliche Kaſſe jedem Bedrückten offen.
Es war ſehr leicht, einen Wohlthätigen zu
überzeugen, daß man ſeiner Wohlthat nicht
unwerth ſey. Es gehörte wenig Redekunſt
dazu, ihm Schilderungen von gehabten
Unglücksfällen zu malen. Miuton gläub⸗
te nur gar zu leicht, und gab nur gar zu
leicht.

leicht. Er schenkte dem, der geschenkt haben wollte, borgte dem, der ihn um ein
Darlehen ansprach.

Die ganze Welt hielt Miuton für
einen Thoren. Die Weiseren, die nicht in
seine Begriffe eindringen konnten, weil er
sich nur immer mit Handeln, nie mit
Demonstriren beschäftigte, zogen sich von
ihm zurück, weil sie keinen Antheil an
seinem Ruhme haben wollten, und sich der
inneren Vorwürfe darüber schämten. Also
umgab ihn ein Schwarm von Heuchlern,
die sich alle gegen ihn als Kinder des
Lichts verhüllten.

Nie war es Miuton eingefallen, sich
nach dem Charakter seiner täglichen Ge=
sellschaft näher zu erkundigen, und nie
war auch wohl eine Gesellschaft unter ein=
ander einiger gewesen, sich nicht zu ver=
rathen, weil alle gleichen Nutzen hatten,
alle eines Gegenstandes bedürften, und
alle fanden, daß es wohl möglich wäre,
daß ihm über etwas die Augen öffnen, ihn
ganz ins Licht bringen könnte. Die träge
Schläfrigkeit, in welcher er vegetirte, war
ihnen also zu erhalten, gemeinschaftliche
Nothwendigkeit.

In

In der That war diese auch zu bewundern. Miuton lebte in diesem einigen
Einerley, ohne es müde zu werden, ohne
einmal den Wunsch in sich gefühlt zu ha=
ben, sich daraus zu erheben. Es behag=
te ihm sehr wohl, wenn bey seinem Auf=
stehen schon einer seiner Freunde zugegen
war dem er auch ohne Rücksicht auf sich
selbst, oder das was er sich schuldig, sei=
ne ganze Aufmerksamkeit widmete, ihm,
wenn er ihn auch noch so fade unterhalten
hatte, für seine Unterhaltung dankte, und
wenn er es bedürfte, für den Verlust der
Zeit, die er vielleicht besser anwenden kön=
nen, noch beschenkte. So verließ man
ihn den ganzen Tag nicht. Alle seine Lust=
barkeiten theilte einer seiner Rotte, oder
mehrere mit ihm.

Allein sie waren auch alle vorsichtig
genug, sich nicht das Ansehen zu geben,
als ob sie ihn im Zwange halten wollten.
Von seiner Thüre wurde niemand abge=
wiesen, und so floßen seine Wohlthaten
noch so ziemlich im Gleichgewicht mit Be=
trügern, den wirklich Unglücklichen zu.
Nur, wenn sich manchmal ein ehrlicher
Mann näherte, der ihn gar zu gern aus

dem verderblichen Labyrinth herausgeris-
sen, und ihm vorgestellt hätte, daß er sich
so die Freude für die Zukunft benähme,
der gieng verdrießlich von ihm. Ihm wurde zur Antwort, daß die Zukunft außer
seiner Sphäre läge, daß er da sey, sich
aufs Gegenwärtige einzuschränken.

Das Urtheil der Welt war, man
würde Miuton einst noch in den elendesten
Umständen sehen, wo die Hülfe der Maul-
freunde ihm versagt werden, und er es be-
reuen würde, so gehandelt zu haben.

Viele Jahre war Miuton nicht der
Gedanke eingefallen, daß sein Geld ein
Ende nehmen könnte. Jetzt fieng dieser Fall
sich an zu zeigen. Miutons Kasse war
erschöpft, aber er hatte Häuser, Güter,
Gärten. Seine Gesellschafter merkten
kaum seinen Geldmangel, als sie es so zu
karten wußten, daß man ihm große Summen antrug, natürlich Hypotheken verlangte. Um ihm dieß nicht unbillig finden zu lassen, da er ohne Hypotheken borgte, stellte man ihm die Darleiher als Leute in öffentlichen Kassen vor, die sie mit den
Obligationen belegen müßten. Miuton
war froh, seinen Geldkasten wieder ge-
füllt

füllt zu sehen, und wieder Gutes thun. Aber jetzt wurde dieser immer schneller leer, denn anstatt Zinsen einzunehmen, mußte er zahlen. Die Gläubiger wollten ihr Geld. Miuton fand nichts billiger. Obgleich ihn niemand bezahlte, so fiel es ihm doch nicht ein, jemanden zu mahnen. Er verkaufte Güter, Gärten, Häuser, eins nach dem andern, zahlte und lebte auf die vorige Weise von dem Ueberreste fort.

Man lachte ihn theils aus, theils frug man sich: Werden denn Miutons Augen sich nie öffnen? Wird er seinen gänzlichen Fall abwarten, ohne zur Vernunft zu kommen, und sich wenigstens in etwas einzuschränken? Man bedauerte ihn auch wohl, als einen gutherzigen Narren.

Miuton wußte von allem dem, allein es rührte ihn nicht. Er hatte noch immer zu geben gehabt. Er hatte wirklich noch ein kleines, sehr artiges Landgütchen, und einen ziemlichen Kasten voll Geld. Es behagt mir, sagte er zu sich selbst, daß die ganze Welt sich über mich aufhält, und doch alle kommen meine Hülfe zu suchen. Wenn ihm einmal ein Ge=

L 2 danke

danke an Mangel aufſtieß, ſo fielen ihm
die Summen ein, die er ausſtehen hatte,
und er zweifelte gar nicht, daß alle dieſe
Schuldner ihm von ſich ſelbſt das Darge-
liehene wiederbringen würden.

Er lebte alſo in ſeiner Behaglichkeit,
immer gebend, nie denkend, fort, bis der
Kaſten ausgeleeret, und ihm nun nichts
mehr, als ſein Gut übrig war, und er
legte ſich, als er gerade die letzte Handvoll Geld verſchenkte, eben ſo ruhig nieder, als er gethan, wie der Kaſten noch
voll war.

Den andern Morgen dünkte es ihm
doch nothwendig, für etwas Münze zu
ſorgen, weil ihm Unglückliche aufſtoſſen
könnten, denen er ſonſt ſeine Hilfe verſa-
gen müßte. Er ſchickte alſo zu einem von
den billigſten Wucherern, von dem er ſchon
oft Geld genommen hatte. Dieſer erſchien
auch, und wurde um fünf hundert Pfund
angeſprochen.

Gern, ſagte der dienſtfertige Mann,
will ich Ew. Herrlichkeit dienen, aber ich
habs nicht, und wo ichs nehme, da will
man Sicherheit. Sie haben ausſtehende
Kapitalien, geben ſie einige Verſchreibungen.

M.

M. Ich habe keine.

W. Sie hätten keine, und worauf haben sie denn ihr Geld ausgeliehen?

M. Aufs Wort. Darauf muß man eigentlich jedem ehrlichen Mann borgen, wenn man kann. Bey ihnen ists eine Ausnahme.

W. Erlauben sie mir, das ist die allerschlechteste Sicherheit. Wie hoch belaufen sich denn ihre ausstehende Posten?

M. Ueber funfzig tausend Pfund. Glauben sie nun mir leihen zu können?

W. Wenn ich ihre Schuldner weis, so will ich ihnen Posten abkaufen.

M. Sie sollen diese sogleich erfahren, allein ich nehme das nicht an. Sie könnten die Leute zur Unzeit drücken, und da wäre meine Hülfe ihnen mehr schädlich als nützlich gewesen. Sie werden mich schon bezahlen.

Minton holte jetzt ein großes Buch, und las:

Herrn Främisch 2000 Pfund, detto 5000 Pf. detto 200 Pf. — Herrn Julimn 3000 Pf. demselben zu einer Fabrik 15000—

W. Der Mann hat in seinem Leben keine Fabrik gehabt.

M.

M. Weil sie sie nicht gesehen haben. — Sie kann in einem andern Königs-
reiche sich befinden.

W. Er ist aber, auf Ehr und Re-
putation, ein Bettler — hat nichts.

M. Das thut mir wahrhaftig leid,
daß der Mann so heruntergekommen, man
muß ihm wieder aufhelfen. — Nun, da
dürfen wir also auf ihn nicht rechnen.
Weiter — dem Esquior Mirlington 4000
Pfund. — Da lesen sie selbst die Liste.

Der Wucherer las mit Verwunde-
rung. Er sagte ganz trocken zu Herrn
Miuton, daß wenn Seine Herrlichkeit ihm
alle diese Posten abtreten wollten, er sich
nicht im Stande glaubte, 500 Pf. davor
anbieten zu können.

Dieß fiel dem wohlthätigen Manne
etwas auf. Er erbat sich nähere Erklärung darüber. Der Wucherer gab sie ihm
durch die Versicherung, alle diese Herren
wären Verschwender, hätten seine Wohlthaten gemisbraucht, und auf die lieder-
lichste Art die Summen durchgebracht.

Jetzt bot ihm Miuton die Hypothek
auf sein Landgut an, und gegen einen
einsweiligen Revers, dem die Hypothek
in

in einigen Tagen folgen sollte, erhielt er
die 500 Pfund.

Der Wucherer machte beym Abschiede noch die Bemerkung, wie er 200 Pfund
auf der Liste gefunden, die erst gestern ausgeliehen wären, und warum Miuton sich
des Seinigen beraubt, da er heute selbst
borgen mußte?

Wie können sie nur so fragen, erwiederte Miuton. Nicht wahr, ich weis
mir heute zu helfen, allein der Mann hätte sich nicht zu helfen gewußt.

W. Und wissen sie denn, wo ihr
Geld hingekommen ist?

M. Wahrscheinlich in seinen Nutzen
verwendet, Schulden bezahlt, oder ange-
legt. Sich um die Anwendung beküm-
mern, wo man helfen will; das schmeckt
mir gar zu sehr nach Eigennutz.

W. Ich bedaure Ew. Herrlichkeit.
Ihr Geld ist in eine Bank geflogen, wo
ihr Schuldner die ganze Nacht Spiel, Wein,
und Liebe frequentirt hat.

Der Wucherer verließ Miuton, aufmerksam auf seinen Zustand.

In dieser Laune trat ein Freund von
ihm herein, der ihm noch ganz neu war.

We-

Wegen der vor kurzen gemachten Bekanntschaft hatte er ihn noch um nichts ansprechen wollen. Allein der Zweck seiner
Freundschaft war das. Er hatte Miutons
Charakter genau studiert. Er hatte be-
dauert, daß er so spät zu diesem Phönix
der Freygebigkeit gekommen, und beschloß,
um wo möglich sich am Letzten schadlos
zu halten.

Er ließ also alle Werke, die er vorher aufgebauet, spielen. Er umarmte ihn
erst, dann schien er eine verdrießliche Laune zu bemerken, und sagte, der Wohlthä-
ter der Menschheit müsse immer heiter
seyn.

Er fieng darauf eine Predigt an, in
der er ihn als den glücklichsten aller Menschen pries, seine Lage beneidete, und vom
Ganzen aufs Detail kam, in welchem ins-
besondere das Glück, Besitzer des Land-
guts zu seyn, das er bewohnte, im höch-
sten Anschlag kam.

Freylich, sagte er, würde ich all die
vortreflichen Vorzüge dieses Paradieses weit
besser geniessen als sie. Der Mensch lebt
in verschiedenen Bestimmungen. Ihre Bestimmung ist für die Menschheit zu leben,
die

die meinige aber, die Welt für mich zu
genießen. Das fühle ich, daß ich meine
Bestimmung nie anders erfüllen kann, als
wenn ich Besitzer dieses Guts werde. Sie
können ihrer Bestimmung in jedem andern
Wohnorte Genüge thun. Ich kann mit
nie schmeicheln, daß mein Wunsch in Erfüllung gehen wird, weil ich kein Vermögen habe. Hätte ich dieses, so würde ich
sie bitten, mir ihr Gut zu ver — und
sich ein anderes dagegen zu kaufen.

Er machte Herrn Miuton hierauf eine
so reizende Schilderung der Einrichtung,
die er auf dem Gute machen würde, der
Veränderung in Gebäuden und Gärten
vortreflicher Anlagen und reizenden Ge-
nußes, daß Miuton entzückt über die Schilderung seines Freundes, selbst ausrief:
Da haben sie recht, so könnte man es
genießen.

Nun folgte von Seiten des Begeh-
renden ein Vorschlag, nach dem es möglich schien, daß das Gut ohne einen Schil-
ling Ankaufsgeld gekauft, und dennoch,
wenn anders der Pacht leidlich gemacht
würde, durch den Fleiß des Besitzers
nicht

nicht allein verintereßirt, sondern auch nach
und nach ganz bezahlt werden könne.

In wenig Augenblicken hatte Miu=
ton schon versprochen, er wolle darauf
denken, ob er nicht der Bestimmung sei=
nes Freundes eine Ausführung verschaffen
könne, und der verließ ihn seines Raubes
schon ziemlich gewiß.

Diese Unterredung hatte nun zwar in
Miuton das Andenken an die vorigen Zei=
ten ziemlich verdrängt, aber keineswegs
ausgelöscht.

Er setzte dieß beyseite, um von je=
nen Licht zu erhalten, und entbot seine
Schuldner zu verschiedenen Zeiten zu sich.

Er stellte einem jeden vor, wie er
ihn keineswegs rufen lassen, um ihn
zu mahnen, sondern nur, um zu wissen,
ob ihm die Anwendung seiner Anleihe Nu=
zen geschaft, und ob er Hofnung habe, mit
der Zeit seines Kapitals wieder Herr zu
werden.

Bejahend wurde ihm dieses von kei=
nem einzigen beantwortet. Alle brachen in
Lobeserhebungen über seine Güte aus, al=
le aber klagten zu gleicher Zeit, daß das
Glück ihnen so ganz den Rücken zugekehrt
hät=

hätte, daß ſie auch nicht einmal einen Reſt
übrig, ſondern in die e'endeſte Lage redu-
zirt wären.

Miuton kam auf die Art und Wei-
ſe der Anlegung des Geldes, wovon er
aber keine Rechenſchaft verlangte, ſondern
nur wiſſen wollte, ob die ihm hinterbrach-
ten Nachrichten von übler Anwendung,
Verſchwenden, und Spiel ihre Richtigkeit
hätten?

Wer würde hierzu ja geſagt haben?
Allgemeines Leugnen, allgemeines Betheu-
ern, daß dem nicht ſo ſey, vorlegen fal-
ſcher Berechnungen, wie nützlich man alles anwenden wollen, und wie unglücklich
der herrliche Vorſatz ausgeſchlagen, brachten den glaubensreichen Miuton auf andere Gedanken. Er entließ ſie alle mit
der Verſicherung, daß ihre Schuld getilgt,
er ſie heute noch in ſeinem Schuldbuche
ausſtreichen, und nie deſſen gedenken würde.

Jeder hätte gern aufs neue, ihn um
etwas angeſprochen, und mancher hätte es
vielleicht wirklich gethan, wenn nicht, ſo
wie die ganze Auflage einſtimmig verabredet, auch einſtimmig beſchloſſen worden
wäre, dieſe Ausfälle bis auf die Zukunft
zu verſparen.

Ganz genau wußte keiner, wie Min-
tons Umstände jezt waren, auch wußte eigentlich keiner, was der andere von ihm
hatte, denn jeder hatte nach seinen Be-
dürfnissen verlangt und vor sich erhalten.

Wie Minton von allen diesen Pa-
tronen auf die billigste Art von der Welt,
das heißt, ohnbezahlt, und ohne Hofnung
bezahlt zu werden, los war, verfiel er in
folgendes Selbstgespräch:

„Also, Wilhelm, wärst du nun
„ohngefähr am Ziel. Deinen Grundsä-
„zen bist du treu geblieben. Du hast
„keinen ohne Unterstützung gelassen, der
„dich darum gebeten. Hast du aber bey
„allen untersucht, ob sie auch deiner Wohl-
„thaten werth waren, und waren viele
„verschwendet?

„Diese Frage, fuhr er in seinem
„Selbstgespräch fort, sollte dich wohl sehr
„drücken. Nein, Wilhelm, nichts weni-
„ger als das. Wie kann ein Mensch den
„andern untersuchen? Wie kann ein Wurm
„wissen, was in andern Wurme ist? Was
„der Wurm von sich giebt, das kann der
„andre Wurm sehen, und darnach dessen
„inneres beurtheilen. Haben die Men-
                                        schen

„ ſchen deine Wohlthaten unrecht angewandt,
„ ſo laß ſie das verantworten. Dich kann
„ es nicht treffen, was ſie verſchulden.

„ Mit dem Gewiſſen alſo biſt du
„ rein. Mit dem Gelde auch. Was haſt
„ du noch in der Welt zu thun? Nichts!
„ Sagte nicht dein Vater, wer Gefühl
„ von Menſchheit hätte, und nicht im
„ Stande wäre, dieſe Tugenden auszuü=
„ ben, der ſolle aus der Welt gehen?
„ Ausüben kann ich dieſe Tugend nur noch
„ einmal! Fühlen werd ich immer, wie
„ traurig es iſt, wenn ich nicht helfen kann!

„ Uiberdem hab ich alles gethan,
„ was ich thun konnte. Ich bin alſo ge=
„ wiß für dieſe Welt fertig, und vielleicht
„ gerade reif für eine andere. Kein Menſch
„ kann auf der Welt ſeyn, um zum Ge=
„ ſpötte, der ſchlechtern Geſchöpfe ſeines
„ gleichen zu dienen. Mach dich alſo fer=
„ tig, Wilhelm, und geh!

„ Noch eins. Die reizende Schil=
„ derung, die dein neuer Freund dir gemacht,
„ könnteſt du für dich anwenden, und ein
„ ruhiges vergnügtes Leben führen. Da
„ trennteſt dich da von allem auſſer dir,
„ und lebteſt nur für dich allein.

Aber.

„ Aber du nähmst einem anderen
„ sein Glück. Bey diesem anderen ist es
„ ausgemacht, er wird dadurch glücklich.
„ Bey dir ist das der Fall nicht. Es ist
„ nur zweifelhaft, ob du an eine andere
„ Bestimmung gewöhnt, - in dieser glück-
„ lich seyn wirst? Du kannst es nur hof-
„ fen, jener weis es. Weg also mit die-
„ sem Einwurf.

Miuton war nun fest entschlossen,
er wolle die Welt verlassen, wo er die Behaglichkeit nicht mehr fände, die er bisher
gefunden hatte. Aber auch dies wollte er
auf die behaglichste Art von der Welt thun.
Es sollte kein so alltägliches unbedeutendes
Fortschleichen seyn. Keiner seiner Freunde
sollte sich darüber grämen, und keiner seiner Feinde sich freuen. Dem einen Theile wollte er als Freund, dem andern als
große Seele nicht entziehen.

Er ließ ein Instrument aufsetzen, in
dem er sein Gut dem Erbitter desselben
schenkte. Er bat seine Freunde insgesammt
auf den andern Tag zum Mittagsmahl. Es
war prächtig und kostete ihm 100 Pfund.
Die übrigen 400 legte er im Golde auf
eine Schüssel, die verdeckt blieb.

Er

Er blieb während der ganzen Mahlzeit in der nämlichen aufgeräumten Laune, in welcher er die Gäste empfangen hatte. Man aß und trank mit außerordentlichem Appetit. Man trank wie sonst gewöhnlich auf die fortdauernde Gesundheit und Leben des Wohlthäters. Er lächelte, trank aber nicht, wie er sonst gewohnt war, zur Danksagung. Man glaubte, er habe es vergessen.

Wie die Tafel dem Aufheben nahe war, bat er alle um einen Augenblick Gehör. Auf seinen Wink begann die leiseste Stille.

Ich habe, fieng er jezt zu reden an, Ihnen, meine Freunde heute auf Ihren Wunsch eines langen Lebens für mich nicht geantwortet. Ich konnte es nicht, weil der heutige Tag der lezte meines Lebens ist —

— Es wollte ein Gemurmel entstehen, allein er winkte, und es war stille.

— Ich war reich, und konnte dienen. Mein Vermögen ist zu Ende, und ich kann niemanden behilflich mehr seyn —

War es vorher stille gewesen, so wurde jezt kein Laut gehört. Jeder überdachte in sich sein Unglück, und die Ver-

 än-

änderung, die nun mit ihm vorgehen würde. Es lag sprechend auf den meisten Gesichtern der Ausdruck: Was gehst du uns
jezt noch an?

Ich hatte mir vorgenommen gerade
so lange zu leben, als ich das könnte.
Meine Uhr ist abgelaufen, meine Säfte
sind getrocknet. Mein Trost ist die Hofnung, daß ich keinen unzufrieden zurück-
lasse —

Er irrte. Sie waren es alle, daß
sie den schönen Vogel verlieren sollten, dem
sie so fette Federn ausgerupft. Sie sahen
alle trübselig aus.

— Hier ist der Uiberrest meines Vermögens. Theilen sie alle ihn unter sich.
Wem könnte ich die Kleinigkeit wohl wür-
diger geben, als denen, die mich immer
ihres Umgangs gewürdigt —

Er deckte die Goldschlüßel auf, und
bat sie, sich darin zu theilen. Sie machten einige Umstände, um ihn aber nicht
böse zu machen, thaten sie es endlich. Wie
die Reihe an den Freund kam, der ihn
früh um das Landgut gebeten, sagte er:

— Dieser Freund ist ausgenommen.
Er hat noch nie etwas von mir erhalten.

Ich

Ich will auch izt ihm kein Geld geben.
Aber ich will ihre Glückseligkeit wahr ma=
chen, mein Bester.   Hier ist die Schen=
kung über mein Landhaus mit allem Zu=
gehör. Sie sind von der Minute meines
Todes an der Besitzer desselben, unter der
von mir in der Schenkung gemachten Be=
dingung, daß sie meine Leute zeitlebens in
ihren Diensten behalten. Sie haben nur
500 Pf. Schulden zu bezahlen, welches
ohngefähr der 30ste Theil vom Werthe
desselben ist —

Der erfreute Freund flog auf ihn
zu und umarmte ihn. Aber man hörte
nicht eine Sylbe, daß er ihn gebeten hät=
te, leben zu bleiben, und das Glück we=
nigstens mit ihm zu theilen. Alle übri=
gen warfen neidische zum Theil grimmige
Blicke auf den Glücklichen. Er war ih=
nen in etwas zuvorgekommen, wozu sie
das größere Recht zu haben glaubten. Er
war Neuling in ihrem Zirkel und hatte sie
übertroffen. Er hatte den Vorzug, daß er
jezt bekam, was sie größtentheils schon
durch die Gurgel gejagt.

— Und nun, schloß Miuton seine
Rede, blieb mir hier nichts mehr zu thun

Biog. III. Th.   m   üb=

übrig. Ihrem freundschaftlichen Andenken
brauch ich mich nicht zu empfehlen., denn
ich weiß, sie werden mich nicht vergessen.
Leben sie also alle wohl. Trauern sie nicht
um mich —

Er ergriff hierauf ein Messer, welches den ganzen Tisch über vor ihm gelegen, und es war keiner, der Miene gemacht
hätte, es ihm zu nehmen. Er that einen herzhaften Schnitt, wodurch die ganze Gurgel getrennt wurde, und fiel todt
nieder.

Seine Bediente, die er hinausgehen
hieß, die aber durch ein Fenster die That
mit angesehen, traten jezt mit Thränen
in den Augen herein. Sie machten den
Anwesenden, besonders dem neuen Besitzer
des Guts bittere Vorwürfe, über ihr Verfahren mit ihrem Herrn, und über die
Benuzung seiner Schwäche. Aber der neue
Herr von ihnen, war ein feiner Kopf.
Er hielt aus dem Stegreife eine Rede, daß
er keinen schlechtern Streich kenne, als sich
einer so beyspiellosen entschlossenen Handlung zu widersezen, daß der Tod Miutens
seinem ganzen vorigen Leben, die Krone
aufsetze, und daß er auf jeden Fall mehr
be-

beneidens = als klagenswerth wäre. Er
führte dies mit so viel untermischten Lob=
sprüchen auf den Verstorbenen aus, daß
sie sich besänftigten, und glaubten, er ha=
be recht. Sie versprachen ihm Treue und
Gehorsam.

Sie, meine Herren aber, fuhr er
zur Gesellschaft fort, werden sich wohl den=
ken können, daß sie an mir keinen zwey=
ten Miuton finden. Ich muß mir also ih=
re fernere Gesellschaft verbitten. Ich bin
weder reich, noch zur Wohlthätigkeit be=
stimmt. Ich bin außerordentlicher Egoist,
und lebe blos mir und keinem andern.
Sollte mir es aber einfallen, meinem Vor=
gänger gleich zu handeln, so werde ich sie
rufen lassen.

Was wollten die Herren thun? Sie
nahmen stillschweigend ihren Abschied. Miu=
tons Begräbniß wurde von seinem Nach=
folger aufs anständigste besorgt, der red=
lich Wort hielt, und sehr vergnügt auf sei=
nem Landsitze lebte.

Dem Wucherer aber wollte er doch
die 500 Pf. nicht zahlen, er gränzte also
nicht einmal an Miutons Ehrlichkeit geschwei=
ge denn an seine übrigen Tugenden. Er wür=

de

de vielleicht auch Recht behalten haben,
wenn der Wucherer sich nicht auf Miutons Schuldbuch verlassen, und die Herren Schuldner angegangen wäre, ihm seinen Vorschuß zu ersetzen. Diese, die ohnedem auf des Gutsbesitzers Glück nei-
disch waren, beschworen alle die Worte
Miutons, daß der Nachfolger den Wucherer bezahlen solle, und so kam dieser
zu seinem Gelde.

Miuton möchte wohl in keiner
seiner Handlungen, so wie in seiner Denkungsart einen Nachfolger finden.

Selbstmörder aus Todesangst.

Lippolt.

In einem Dorfe an der Ostsee gebo-
ren, von Jugend auf mit Wasser, Wellen,
und Sturm bekannt, aus einer Familie,
die von undenklichen Zeiten her sich als
Opfer eines nassen Todes angesehen, und
von welcher wenig Männer eines andern
gestorben, widmete sich Lippolt auch der
Schif-

Schiffahrt. Als Knabe schon zeigte er den unerschrockensten Muth, und im 13ten Jahre war er ganz allein so glücklich, von einem gestrandeten Schiffe, das eine Viertelmeile vom Ufer lag, sechs Menschen mit seinem kleinen Kahne zu retten. Seine Mutter wollte ihn damals mit Gewalt zurückhalten, seine Schwester lag bittend vor ihn auf den Knien. Umsonst, Lippolt, nicht sowohl aus Ruhmbegierde, denn des Todes mußte er jeden Augenblick gewärtig seyn, sondern aus Menschenliebe, ließ er sich nicht abhalten. Sechs Seelen umarmten ihn als ihren Erretter, und er war nicht stolz darüber. Der Schluß auf sein Herz und seine Denkungsart, läßt sich hiervon leicht machen.

Lippolt wuchs heran, und des Kahnfahrens überdrüssig, wollte er sich weiter umsehen. Er diente als Schiffsjunge mit einem so aufmerksamen Fleiße, daß er bald von dieser Last frey, und Matrose wurde. Er zeichnete sich hier schnell aus, und die Schiffer schätzten sich glücklich, wenn sie ihn bey sich hatten.

Lippolt fand wenig Vergnügen an der rohen Lebensart seiner Kameraden. Waren

sie

sie am Landt, so brachte er die Zeit, die
sie verschmaußten, im Studiren seines
Metiers zu. Wären sie auf dem Wasser,
so ermahnte er sie, mehr an sich zu denken,
und nicht durch üble Gewohnheiten, die oft
im Herzen nicht so gemeint wären, den Begriff von sich zu machen, als wenn sie ein
gottloses, unverbesserliches Volk wären. Er
bewies ihnen, daß man durch den äusse-
ren Schein geblendet, sie davor halten
müsse, daß das allgemeine Urtheil der
Menschen dahin gienge, sie stellten sich nur
dann fromm, wenn die Gefahr groß wäre

Ich, sagte er, wolle für mein Theil
wohl wetten, daß unter 100 Matrosen
neunzig beym Fluchen nichts denken, und
beym Beten fühlen, was sie sagen.

Auf den Schiffen, wo Lippolt war,
war daher immer mehr Ordnung, und
mehr Sitten, als auf andern. Dachten
schon seine Kameraden anders, als er, so
fürchteten sie doch seine Vorwürfe.

Bey diesen Empfindungen aber, kann
man sichs erklären, daß Lippolts Herz
auch nicht frey von Leidenschaften war.
Er fand alles schön, was die Natur schönes hatte. Sonach war ihm auch das

schö=

schöne Geschlecht nicht gleichgültig. Aber seine innre Denkungsart erhielt ihn lange schüchtern und zurückhaltend. Da, wo seine Kameraden Befriedigung ihrer Lüste suchten, fühlte er Eckel, und wo er ausser solchen Häusern einen Gegenstand antraf, der ihn aufmerksam machte, da hielt ihn sein Stand, dem man in diesem Punkte nicht viel Gutes zutraute, zurück, Bekanntschaft zu machen.

Schon hatte er dreyzehn Reisen zur See gemacht, ohne gefühlt zu haben, was Liebe sey, wenn er sichs schon oft wünschte. Ganz unbekannt mit den Reizen, so wie mit dem Genuß der Wollust, lehrte ihn jede neue üble Folge, die er bey seinen Kameraden warnahm, den ersten Schritt zu diesem Laster fliehen.

Aber Liebe ohne Laster machte nun einen bald für ihn fürchterlichen Eindruck auf ihn. Er mußte wegen widrigen Winde in einem Haven der Ostsee mit dem Schiffe, auf dem er war, überwintern. Er nahm seinen Aufenthalt die Zeit, die er nicht auf dem Schiffe zubringen mußte, in dem Hause eines Fleischers, dessen Tochter Antonie bestimmt war, ihm die

erste

erſte Leidenſchaft einzuflößen, die Folgen,
und zwar die traurigſten für ihn hatte.

Antonie konnte für keine Schönheit
gelten, aber ein ſchmachtendes Weſen, mit
einem ſanften einnehmenden Karakter verbunden, machte ſie ihm zu mehr als einen
Engel. Sie war ihm eine Göttinn, die
er anbetete. Sein Feuer entzündete ſich,
als er ſie zum erſtenmal ſah, im Augenblick. Sein rollendes Auge heftete ſich
ſeit dieſer Zeit auf Antonien. Kein Ge-
genſtand konnte es mehr davon ablenken.

Antonie war zu ſehr Mädchen, um
nicht eine herzliche Freude darüber zu haben, daß ihr Gaſt blos ihr ſeine Blicke
ſchenkte. In ihrer Nachbarſchaft wohnten
viel ſchöne Mädchen, die Lippolt für den
ſchönſten Jüngling erklärten, vergebens
aber dies ziemlich laut und oft wiederhol-
ten. Antonie ſagte nichts, und machte
dadurch ihren Sieg vollkommen. Ihre Be-
ſcheidenheit war für Lippolt ein Grund
mehr, ſie zu lieben.

Bis jezt war es nur noch das äußerliche,
was beyde an einander feſſelte. Bald kam
nähere Kenntniß dazu. Antoniens Vater,
ein rauher, aber biedrer Mann, fand Ge-

fal-

fallen an Lippolts Umgang, sah in ihm
den Jüngling von Gefühl, von Bildung,
von Sitten, den man bey seinem Metier
so selten wahrnahm.

Antoniens Vater war reich, und
war angesehen. Der Ort, wo er lebte,
hatte durch Lage und Handel den Vorzug,
daß der Bürgersmann gewissermaffen glän-
zen konnte. Antonie war ein Mädchen,
die Ansprüche auf mehr als einen Hand-
werker machen konnte. Erziehung, Vermögen, und Observanz berechtigten sie dazu. Lippolt stand auf den Schritt, Steuermann zu werden, war kein unangenehmer
Gesellschafter, suchte durch netten Anzug
seiner Denkungsart zu entsprechen, und
war so bald in alle Gesellschaften initlirt,
die Antoniens Vater hielt, und besuchte.

Antonie genoß an seinem Arm alle
Winterlustbarkeiten des Orts, ohne daß
Lippolt je ein unehrbares Wort gesprochen
hätte. Aber still nahm seine Leidenschaft
mit jedem Tage zu, mit jeder neuen Zusammenkunft wuchs die Ueberzeugung, ohne sie würde er nicht leben können, und
schreckenvoll dachte er an den sich nahen-
den Abschied.

An-

Antonie ihrer seits seufzete nicht min=
der unter der Last des Schicksals, das sie
trennen sollte. An einem der vielen Aben=
de, die sie allein beysammen verlebten, ent=
wickelte es sich bey beyden, daß sie sich
liebten, ein Zufall, den der Leser
nicht ungewöhnlich finden, und dessen
Gang er gewiß selbst entwickeln kann.
Im ersten Augenblicke erleichterte es ihre
Herzen etwas. Sie fanden in dem gegen=
seitigen Geständniß ihrer Gefühle Ruhe.
Lange aber dauerte es nicht, als das —
Lieben — und — Trennen — ihre Seelen
zu neuer Schwermuth empörte, die viel
Wolken über ihre Heiterkeit zog, dennoch
aber den Sonnenschein der zärtlichsten Lie=
be nicht immer zu verdrängen vermochte.

Antoniens Vater hatte, so gleichgül=
tig ihm alles schien, was um ihn war,
ein äußerst aufmerksames Auge auf beyde
gehabt. Er blickte in ihre Herzen so, wie
er auf ihre Handlungen sah. Er freuete
sich über die massen, in einem rohen
Schiffsmanne einen Jüngling für Antonien
zu finden, den er am Lande vergebens
suchte. Er bedauerte sie noch öfters. Zu=
lezt, als er von beyden Ehrlichkeit und

Un=

Unschuld vollkommen überzeugt war, über=
raschte er sie einmal, bey einer herzlichen
Zusammenkunft. Sie fuhren zusammen.

Wovor das? sagte er. Wüßte ich
nicht, wie ihr beyde denkt, so würde ich
auf ein böses Gewissen schliessen, aber das
soll mir eine Warnung seyn, niemand mehr
nach der ersten Extase zu beurtheilen.
Glaubt ihr, ich bin so blind, daß ich
nicht lange schon gesehen habe, daß ihr
euch liebt? Hätte ich etwas dawider ge=
habt, ich hätte unvermerkt Maaßregeln
genommen, euch von einander zu tren=
nen, aber ich will dich gern glücklich wif=
sen, Toni, und somit werde ich dir nicht
wehren zu lieben, wen du willst, wen
ers nur verdient. Auch dich, Lippolt, kann
ich leiden, und ich kann dir nichts schmei=
chelhaftes sagen, als, ich wollte, du wä=
rest mein Sohn. Du kannsts aber wer=
den, wenn dus ehrlich mit Toni meinst.

Ein größeres Fest hätte der Alte
für den Abend sich nicht machen können,
denn beyde hiengen ihm am Halse
und hörten gar nicht auf, ihn zu lieb=
kosen.

Den

Den andern Tag machte Antoniens
Vater Lippolten schon mancherley Vor-
schläge. Versuch ein Jahr bey mir, sagte
er, ob dir das Ding gefällt. Du brauchst
mein Handwerk nicht. Du führst meine
Bücher, meine Rechnungen. Ich habe einen ausgebreiteten Handel, kann alles
kaum übersehen. Ich kann dich zum Ver-
schicken brauchen.

Lippolt erwiederte ihm, daß alles,
was er von ihm verlangen könnte, ihm
recht wäre, daß der Besitz Antoniens ihn
zu seinem Diener machte, und daß, wenn
er nur vorher seine Reise geendet, er nichts
mehr thun wollte, als was er wünschte.

„Sollte ja einmal dir die Lust am
Seeleben zu hart kommen, so will ich dir
ein Schiff kaufen, da kannst du kommo-
de reisen, auch Toni einmal mitnehmen.
Aber du sagtest, du wollest deine Reise
erst endigen. Läßt sich das Ding nicht
drehen. Ich ließe dich gern reisen, aber
das Mädchen wird Sprünge machen, und
Weibergewinsel kann ich nicht vertragen.‟

Der Schiffer, sagte Lippolt, hat einen schlechten Steuermann; und verläßt
sich

sich ganz auf mich. Er kann ohne Ge=
fahr die Reise nicht zurück thun, wenn
ich nicht mitgehe. Ich habe ihm mein
Wort gegeben, und ihr wißt wohl, Va=
ter, ein Wort — ein Mann.

„Brav! also nicht ein Wort mehr
davon. Du reisest, und wenn du zurück=
kehrst, ist Toni dein. Ich gäbe sie dir gern
jetzt, aber alsdenn wird das Winseln mir
zu groß, und ich leide zu viel."

Ich will sie auch um mein und um
ihrentwillen nicht eher, erwiederte Lippolt,
ich würde zu unruhig seyn, und sie.

Mit dem Vater war er fertig, aber
mit Antonien wurde es ihm nicht so leicht.
Diese hatte, seitdem ihr Vater sie ihres
Glücks versichert, gewiß darauf gerech=
net, daß Lippolt da bleiben würde. Die
Nachricht also, daß er die Reise erst thun
wollte, setzte sie ganz außer Fassung. Ih=
re Thränen überzeugten Lippolt zwar, wie
sehr sie ihn liebte, allein sie waren ihm
zugleich schneidend, denn er konnte seinem
Worte nicht untreu werden.

Wolltest du, sprach er unter andern
zu ihr, wolltest du wohl, daß ich einmal
mein

mein Wort bräche, und weißt du nicht, daß es alsdann viel leichter ist, auch das zweytemal zu brechen? Wolltest du wohl, daß ich dir untreu würde? Und ist meine Pflicht mir nicht eben so nahe, als meine Liebe? Wolltest du wohl einen Mann haben, Toni, gegen den einer auftreten und sagen könnte, er hat mir nicht Wort gehalten.

Du liebst mich nicht, Lippolt, war Antoniens ewige Gegenrede. Alles, womit du mir geschmeichelt hast, ist Lüge, alles ist nicht herzlich.

Lippolt vergab Antoniens beleidigende Ausdrücke leicht, denn sie waren in der Hitze gesprochen. Sie vermogten nicht seine Liebe wankend zu machen, aber auch nicht seinen Vorsatz.

Antonie nahm noch ein anderes Mittel zu Hülfe. Sie wandte sich in der Angst ihrer Seele an den Schiffer, bey dem Lippolt im Dienste war. Sie frug, ob ihre Verbindungen so strenge wären, daß keiner los kommen könnte, wenn er sein Glück zu machen wüßte.

Der

Der Schiffer war ein artiger Mann, und hatte Mitleiden mit den rothgeweinten Augen des armen Mädchens.

Jungferchen, sagte er, ich glaubs herzlich gern, daß sie meinen Lippolt recht glücklich machen wird, aber so glücklich, wie ihn ein gutes Gewissen macht, kann sie mir ihn doch nicht machen. Zwingen kann ich keinen Menschen, das liegt nicht in meiner Natur, und wenn also Lippolt bey mir darum anbielte, so würde ich ihn, so weh mirs thäte, doch gehen lassen. Aber vorher würde ich ihm alles das sagen, was ich ihr jetzt sage. Sieht sie, Jungfer, ich muß mich auf Lippolt ganz verlassen. Mein Steuermann ist ein Taugenichts. Ich wußte es, aber ich mußte ihn behalten. Deswegen nahm ich Lippolt mit mir. Ich kann die Arbeit nicht allein thun. Stößt meinem Schiffe etwas zu, und Lippolt ist hier geblieben, so geht das alles gerade zu auf seine Rechnung. Sein Gewissen muß das Unglück und das Leben so vieler Menschen verantworten. Das weiß er. Darum kömmt er nicht —

Aber, Herzensmann, sagte Antonie, bedenke er nur, meinen Geliebten

 je=

jeden Augenblick in Todesgefahr zu wiſſen —

Poſſen! Grillen! mein Schatz. Das
iſt er auf dem Lande ſo gut, wie auf dem
Waſſer. Ueberall iſt Gottes Hand, und
überall winkt Gottes Finger dem, der
zum Tode reif iſt. Er kann ſterben, er
ſey, wo er wolle. Ein Fieber kann ihn
ihr hier entreiſſen, dem er auf dem Waſſer entgeht. Glaube ſie nicht, daß alle
die, die im Waſſer umkommen, ihr Le-
bensziel weiter gebracht haben würden,
wenn ſie auf dem Lande geweſen wären.
Mancher, den die Seefahrten geſtärkt und
hart gemacht, wäre nicht ſo weit gekommen. Auch glaube ſie mir nur, wir See-
leute fürchten uns nicht vor dem Tode,
und wenn ihr Bräutigam im Waſſer ſtirbt,
ſo ſtirbt er weit ſanfter, als wenn er ſich
auf dem Krankenbette plagt.

Antonie verließ dieſen ſchrecklichen
Mann mit ſeinem ſchrecklichen Troſt. Sie
ſtellte ſich ihren Bräutigam ſchon im Geiſt,
im Waſſer ſanft geſtorben vor, und weinte mehr als vorher. Sie klagte jetzt einer ihrer Freundinnen ihr Leid, erzählte
ihr,

ihr, was der Schiffer gesagt, und diese
machte sehr weislich den Schluß, man
müsse Lippolten auf ein oder die andere
Art dahin zu bringen suchen, daß er den
Schiffer um die Entlassung angienge, und
wenn Güte nichts fruchtete, und Zureden
nichts wirkte, so müsse man List und Gewalt zu Hülfe nehmen.

Die erstern wurden beyde fruchtlos
angewandt. Lippolt war unbeweglich, und
nun entdeckte Antoniens Freundinn ihr,
daß sie beschlossen habe, eine nächtliche
Erscheinung sollte das bewerkstelligen, was
alle andere Mittel zuwege zu bringen nicht
vermögten. Sie bewies ihr, wie leicht
das menschliche Gemüth von dergleichen
sich einnehmen lasse, durch verschiedene von
ihr schon angestellte, und gut ausgeschlage-
ne Beyspiele.

Es war aber das bey Antonien nicht
einmal nöthig. Jedes Mittel war ihr
willkommen, und wäre es noch viel bi-
zarerer gewesen. Sie willigte also gern ein,
und ihre Freundinn, die etwas von der
natürlichen Magie verstand, machte in
Lippolts Abwesenheit in dessen Zimmer alle
erforderliche Anstalten.

Biogr. III. Th.   n   Es

Es war gerade zwölf Uhr, als Lippolt durch ein heftiges Gepolter aus dem ersten Schlafe geweckt wurde. Er rief: Wer da? und die Antwort war, daß auf einmal das ganze Zimmer hell, wie im Feuer stand. Jetzt sah er sich um, und unerschrocken, wie er war, sagte er: Ich werde doch sehen, was das für ein Ende nehmen wird.

Eine dumpfe Stimme brüllte ihm nun die Worte zu: Bleib bey Antonien, oder du wirst auf dieser Reise umkommen!

So sterbe ich in meinem Beruf, war Lippolts ganze Antwort, nach welcher er sich auf die andere Seite drehete.

Jetzt verzweifelte Antoniens Freundinn selbst. Antonie weinte die ganze Nacht durch, und als am andern Morgen Lippolt nichts von dem Vorfalle erwähnte, vielmehr alle Beredsamkeit anwandte, um ihr seine Zurückkunft so gewiß und leicht darzustellen, daß sie wohl beruhigt seyn könnte, so nahm sie sich auch vor, sich ihrem unglücklichen Schicksale zu überlassen, und geduldig die Zeit der aufgehenden Son-

ne

ne nach dieser finsteren Nacht zu er=
warten.

Bald näherte sich mit fliegenden
Schritten die Stunde des Abschieds, der
so rührend war, daß er auf Lippolt mehr
wirkte, als alle Erscheinungen thun konn=
ten. Antoniens Kummer hatte sie bleich
gefärbt, und die Trennung brachte sie dem
Tode nahe. Ihre klägliche Gestalt, ihr
Händeringen, ihr halbgebrochenes Lebe=
wohl blieb vor ihm.

In seinen ersten Ruhestunden gesell=
te sich im Traume zu diesem allen die Er=
innerung jener Erscheinung, und das, was
damals nicht einen Augenblick auf ihn wir=
ken konnte, wirkte itzt schrecklicher, als
daß er es hätte ertragen können. Er raf=
te sich auf von seinem Lager, und das be=
ruhigte ihn in etwas. Die See war
spiegelhelle. Die Luft still wie die Ruhe.

Es ist nichts, sagte er zu sich, und
blickte in die Wasserfläche. Er sah An=
toniens sterbendes Bild darinn. Es ist
doch etwas, wiederholte er dann, und
seufzete. Ruhig schlafen konnte er troß
seiner Standhaftigkeit im Wegdenken aller

übeln

übeln Bilder nicht. Er zwang ſich daher
zum Wachen, und ängſtliche Viertelſtun=
den, in denen die Müdigkeit über ſeine
Kräfte ſiegte, erhielten die Natur nur in
ihrer Ordnung.

So bald die See ſtürmiſch wurde,
war es ihm viel unerträglicher. Der Tod,
den er nie gefürchtet, ſtand ſchreckenvoll vor
ihn. Mitten in der finſterſten Nacht ſah
er oft alles um ſich her erleuchtet, und
nicht ſelten gieng ſeine Einbildungskraft ſo
weit, daß jene hohle Schreckensſtimme ihm
die ausgeſprochene Worte wieder in die Oh=
ren donnerte.

Zwiſchen dieſen Beſorgniſſen allen
langte er indeſſen am Orte ſeiner Beſtim=
mung an, und wieder auf dem Lande zu
ſeyn, gab ihm ein wenig Ruhe und Troſt.

Er ſah Menſchen, ſah glückliche
Menſchen, ſah liebe zufriedene Weiber,
und dachte ſich Antonien als die Seinige.
Die Grillen ihrer Krankheit, und daß
dieſe ſie vielleicht aufgerieben, verſchwan=
den nach und nach.

Jetzt dachte er darauf, wie er wie=
der zu Antonien zurückkommen wollte. Vor

der

der Seereise schauderte er zurück. Er
überlegte also, wie es mit der Landreise
zu machen wäre. Sie war weitläuftig
und beschwerlich, doch aber immer besser,
als sich der Gefahr aufs neue aussetzen.

Indem er mit diesem ersten Entschluß
schwanger gieng, kam er von ohngefähr
an den Haven, und fand ein Schiff an
dem Orte, wo Antonie sich aufhielt, se=
gelfertig. Der Wind blies herrlich, und
der Schiffer hatte die Aussicht in drey
bis vier Tagen an Ort und Stelle zu
seyn.

Lippolt wurde aufmerksam darauf.
Vielleicht ein Wink, sagte er bey sich, um
desto eher der lieben Traurigen Freude zu
machen. Zu Lande war die Reise unter
sechs Wochen nicht zu thun. Hier viel=
leicht in vier Tagen. Weg war alle Angst,
weg alle Grillen. Die Einbildungskraft
stellte ihn schon in Antoniens Wohnung
an ihren Hals, in ihren Armen. Er
schloß den Handel, und nach vier Stun=
den war er schon eingeschifft, und unter
günstigen Segeln.

Die Reise gieng bis über die Hälfte
des Weges glücklich von statten. Schon

am

am dritten Tage ſah man der glücklichen Hoffnung entgegen, den andern Tag an Ort und Stelle zu landen. Aber in der Nacht erhob ſich ein fürchterlicher Sturm. Die Wogen thürmten ſich wie Berge, und ſchienen mit einander zu kämpfen. Der Wind heulte von mehreren Seiten, und ſchlug Wirbel um das Schiff her. Lippolt ſchlief einen ſanften Schlaf, als man ihn weckte. Er erſchrack, als ob der Tod ihm ſchon auf der Zunge wäre. Er fuhr auf das gehörte Wort Sturm hinaus, und fiel ohnmächtig nieder, als er ſah, daß der Wind widrig war.

Man hatte Mühe, ihn zu ſich ſelbſt zu bringen. Als er wieder munter wurde, wachte der Seemann auf. Er ſchämte ſich ſeiner Schwäche, legte raſch die Hand an die Arbeit, und hatte einige Zeit Ruhe.

Der Sturm legte ſich ein wenig. Lippolt ſtand am Steuerruder, und dachte über ſein Schickſal nach. Er warf ſichs bitter vor, daß er die Seereiſe unternommen, und nicht ſeinem Vorſatze gefolgt, zu Lande zu reiſen. Auf einmal ſtanden ſie alle vor ihm, die Auftritte, die er auf

der

der vorigen Reise gehabt. Auch gesellte
sich zu dieser schrecklichen Erinnerung das
Bild seines Abschieds von Antonien, und
das Gesicht jener Nacht. Fürchterlich tru-
gen alle dazu bey, ihn auf den äußersten Grad, fast zur Verzweiflung, zu be-
unruhigen.

Er weinte wie ein Kind. Aber bald
versiegten seine Thränen. Trocken brannte
es ihm im Gehirn, und das störte seine Vernunft. Er sprach wie ein Wahn-
sinniger.

Indessen nahm der Sturm zu, und
wurde so heftig, daß man an der Rettung des Schiffes verzweifelte. Man
mußte das Steuerruder den Wogen überlassen, und die Gefahr, auf Klippen ge-
trieben zu werden, wuchs mit jeder Minute. Jetzt trat Lippolt unter allen auf,
und gab sich als die Ursache dieses schrecklichen Zustandes an.

Meinetwegen, sagte er, muß das
Schiff untergehen. Man hat mir pro-
phezeyet, ich sollte auf der See umkommen, ehe ich Antonien wieder sehe. Ein
Nachtgesicht hat mir es gesagt. Ich —
ich)

ich allein bin Schuld, daß wir verderben.

Der Schiffer, ein vernünftiger Mann, suchte ihm alles auszureden. Aber die Matrosen leicht und abergläubig, gaben ihm Beyfall. Sie ließen sich von ihm die ganze Geschichte weitläuftig erzählen. Wie sie alles genau gehört haben, sagten sie, er habe allerdings Unrecht. Er hätte sollen auf diese Ermahnung von oben herab zurückbleiben. Der Himmel ließe nicht mit sich spotten. Sie wüßten ihm es schlechten Dank, daß sie um seinetwillen den Tod in den Wellen so früh sterben sollten. Indessen wollten sie als Menschen und Brüder mit ihm aushalten. Er wäre zu bedauern, aber sie doch immer noch weit mehr.

Diese Unterredung endigte es vollends mit Lippolts Verstande. Ruhiger dachte er indessen nach. Du sollst das Unglück so vieler machen. Ist denn keine Möglichkeit das zu ändern? Wie, wenn du dich freywillig dem Tode in den Wellen übergäbest, da für dich keine Rettung ist? Antonie ist ohnedem schon vorausgegangen, gewiß schon vorausgegangen, denn sie war schon halb Leiche, als ich sie verließ.

Er flüsterte einigen seiner Kameraden ins Ohr: Ich werde ein Mittel treffen, ich werde euch retten. Sie merkten,
was er wollte, keiner aber getrauete sich,
ihm das auszureden. Sie hielten das
Mittel ihm so gut eingegeben, als ihm
die Erscheinung 'geschehen war, und sie
nahmen sich nur sorgfältig in Acht, daß
der Schiffer nichts gewahr wurde, der gewiß Gegenanstalten gemacht haben würde.

Die Nacht erschien, und mit ihr
vermehrten sich die Schrecken der tobenden
See. Alles war finster. Die Wogen
schlugen schrecklich. Der Sturm heulte
wüthend. Das Schiff wurde von einer
Seite zur andern mit solcher Heftigkeit ge-
schleudert, daß man jeden Augenblick fürchten mußte, über Bord zu fallen. An keine Richtung des Schiffs war zu denken,
man mußte es sich selbst überlassen, und
sorgen, das innere so viel möglich zu erhalten. Alles lief durch einander. Flu-
che und Gebete wechselten ab.

Lippolt hatte am Vordertheil des Schiffes in tiefen Gedanken gesessen. Der Schiffer
der ihn selbst nicht unterhalten konnte, hatte einigemal seinen Leuten aufgetragen, daß

O   sie

ſie ſich mit ihm abgeben, und ihn aufheitern ſollten.

Allein ſie hatten unter ſich geſagt.
Laſſen wir den Träumer ſitzen, vielleicht
heckt er etwas Gutes für uns aus.

Lippolt fuhr plötzlich auf, und bat
den Schiffer um Feder und Tinte. Er
ſchrieb wohl eine Stunde. Hernach ge-
ſellte er ſich unter die übrigen. Er gab
einem von ihnen einen zuſammengelegten
Brief: wenn ihr glücklich an Ort und Stelle kömmt, ſagte er, ſo gebt dieſen Brief
Antoniens Vater. Ich habe ſeine Tochter
geſehen. Sie iſt todt. Dort auf jener See-
höhe, als ich am Bord ſaß, erſchien ſie
mir in lichter, aber blutiger Geſtalt, und
winkte mir zu kommen. Ich werde gehen.
Meint ihr nicht auch?

Alle ſchwiegen. Je mehr der Sturm
zunahm, deſto mehr zitterten ſie alle für
ihr Leben, und alle ſahen ihn als die einzige nicht zu bezweifelnde Urſache dieſes
Unfalls an. Hätte etwas Lippolt zurückhalten können, ſo wäre es ihr Zureden
geweſen.

In-

Indessen träumte er noch auf dem Schiffe hin und wieder, sah, wie ein Wahnwitziger bald seine Kameraden, bald die See an, und stöhrte einigemal herzbrechend den Namen Antonie heraus.

Er näherte sich noch einmal dem Steuermann. Meine Angst nimmt zu, sagte er, ich muß fort, oder ihr seyd alle verloren. Die Natur kam seiner Entschlossenheit zu Hilfe. Die Wellen schlugen so unbändig, daß er oft von einer Seite zur andern geworfen wurde.

Es will mich herunter haben, es will mich herunter haben, schrie er fürchterlich: Ich komm Antonie, ich komme — und wie eben der Schiffer zuspringen wollte, um ihn zu retten, stürzte er sich in die Wellen hinab, die den Armen von Angst, Leben und Hofnungen trennten.

Der Brief, der alles das enthielt, was hier gesagt ist, in welchem er Antoninens gewissen Tod behauptete, kam an seiner Statt an Ort und Stelle an. Antonie lebte, allein die Nachricht konnte sie lange überleben unter bittern Vorwürfen gegen ihre Freundinn, die ihr den un-

se-

ſeligen Schritt gerathen hatte, der Lippolt
Tod war, ſtarb ſie nur bey halben Ver-
ſtande.

Indeſſen gab es doch Leute genug,
die behaupteten, die Erſcheinung wäre wahr,
und richtig geweſen, und ein Wunder in
allem dem ſuchten, was ganz natürlich
zugegangen.